亦舒作品

亦舒
作品
20

亦舒 著

我们不是天使

CTS 湖南文艺出版社
HUNAN LITERATURE AND ART PUBLISHING HOUSE

博集天卷
CS-BOOKY

目
录

尽管很久很久以前就知道这一天会来临，
人人都有心理准备，但到它真正来临，
感觉又完全不一样。

一个成熟的人往往发觉可以责怪的人越来越少，
人人都有他的难处。

我

们

不

是

天

使

三 _075

生命从来不是公平的，
得到多少，便要靠那个多少做到最好，
努力地生活下去。

四 _117

黑与白之间，
存在数千个深深浅浅的灰色。

五 _177

人一生只配给得一具皮囊，
与之厮混纠缠数十年，
躯壳遭到破坏，
再伶俐的精魂也得随它而去，
不能单独生存，看穿了这一点，
不自爱是不行的。

六 _229

往事已是我生命的一部分，
不能像录音录影带般洗脱，
不用等到懒慵春日，或是午夜梦回，
它已悄悄出现。

一

尽管很久很久以前就知道这一天会来临，人人都有心理准备，但到它真正来临，感觉又完全不一样。

邱晴伏在案头读功课。

这是一个非常非常闷热的晚上，香港的夏季恶名昭彰，六月还不是它的威力达到最高峰的时刻呢。

邱晴看着窗外说："下雨吧，下雨吧。"

闷热，一丝风也没有，天边远处却传来一声一声闷雷，姐姐邱雨还没有回来。

母亲在邻房轻轻呻吟一声，转一个身。

邱晴看看面前的钟，半夜一点，太静了，静得似不祥之兆。

她站起来，到简陋的卫生间里用手掬了一把水往脸上洒去。

街上为何一丝人声都没有？通常在这样炎热的晚上，人们往往吃不消屋内暑气，三三两两端着椅凳床榻往门口乘凉。

今夜是什么夜？除了飞机隆隆降落，没有其他声音。

她走近窗户，从三楼往下看去。

她们家住的违章建筑，叫西城楼。

邱晴记得三年前姐姐带着她去公立中学报名，教务主任看到她的地址，立刻抬起眼睛，轻声重复："你们住在九龙城寨？"

敏感的姐姐即时警觉地说："有什么不对吗？"

"没有。"人家即时答，"没有。"

小邱晴知道从那个时候开始，她可能已被盖上烙印。

姐姐问她："你真的决定要继续读书？"

她点点头。

"好的，我替你支付学费。"姐姐笑，"有我一日，即有你一日。"

她替妹妹置校服书包课本。

"你比我幸运。"她说。

邱晴知道这个故事：姐姐在外头念小学六年级的时候，小同学的家长都不让子女同她来往，她十分孤立，对功课又不感兴趣，自动辍学。

热心的老师找上门来。

邱晴记得那时候的老师是长得像老师的，白衬衫、卡其布裤，也是个夏天，挥着汗，有点紧张。

邱晴躲在木板后面，听见母亲轻轻说："其他的家长，说我是舞女，歧视我的孩子，这样的学校，不读也无所谓。"

母亲缓缓喷出一口烟，那年轻人一心想做万世师表，却恐怕烟内夹杂着其他物质，窘得咳嗽起来。

这个时候，姐姐拉开了门，送老师出去。

到今天又想到当日的情形，仍然觉得好笑。

邱晴翻过一页课本。

母亲在邻房挣扎。

邱晴闻声推开板门。

她轻轻走过去扶起母亲。

借着一点点光线，她替母亲抹去额头的汗，那瘦弱的中年妇女有张同女儿一模一样秀丽的脸，只是五官扭曲着，她微弱地呻吟："痛……"

邱晴一声不响地在床沿的抽屉里取出注射器，用极之熟练的手法替母亲做静脉注射。

邱晴看着她松弛下来，平躺在床上，嘘出一口气，梦呓般说:"下一场轮到邱小芸,记得来看,场子在中街。"

邱晴轻声应道:"是,是,一定来。"

母亲诡异地微笑起来,蒙眬的双眼示范年轻的时候如何颠倒众生。

才停止喘息,她似有一刻清醒,看清楚了床前人,惊问道:"你怎么还不走?"

邱晴不作声,轻轻拍打母亲手背。

"走,走得越远越好。"

邱晴仍然顺着她的意思:"是,这就走了。"

"你姐姐呢?"

"一会儿就来。"

她闭上双目。

邱晴听到门外依稀传来笑声,心头一宽,这银铃般笑声属于她姐姐,再也错不了。

她赶去开门。

梯间有两道影子扭在一起,邱晴连忙假咳一声,影子分开,邱晴笑问:"杰哥今日可有带夜宵给我吃?"

邱雨先钻出来,小小的红色上衣,大伞裙,天然鬈发在额前与鬓角纠缠不清,好不容易把它们捉在一起,用粗橡皮筋在脑后扎成一条马尾巴，那把头发似野葛藤般垂在背后，像有独立生命。

她右手拉着一个精壮小伙子的手，左手抱着半边西瓜，与男朋友双双进屋内坐下。

邱雨拿一把刀来，切了一桌子西瓜，邱晴趁它们还冰冻，一口气吃了几块，才不好意思地说："杰哥，你也来。"

那小伙子抱着手笑。

邱雨在一边说："麦裕杰，请问你为什么这样看着我小妹笑。"

麦裕杰站起来找风扇开关。"今夜热得很。"

邱晴说："而且静得不得了。"

麦裕杰说："'新华声'的人在光明街开谈判，还能有声音吗？"

邱雨的面孔有点油汪汪，她扭开风扇，站在它前面吹。风把邱晴的课本唰唰唰一页页翻开，麦裕杰走过去假意查看："咦，这些字我都不认识。"

邱雨转过头来笑说："小妹好学问。"

麦裕杰说："我走了。"

邱雨追上去，伸出手臂，绕住他的腰，上身往后仰，扭着细细的腰，那把长发悬空地垂下来。

她在他身畔轻轻说几句话。

麦裕杰有片刻犹豫。

邱雨娇嗔地腾出手来给他一记耳光，虽是玩耍，也"啪"的一声。

麦裕杰捉住她的手，自裤袋取出一包香烟交给她。

邱雨得意扬扬地接过，开门让他离去。

邱晴佯装看不见那一幕，以西瓜皮擦着脸，那阵清香凉意使她畅快。

邱雨问："母亲没有事吧？"

"没有更好，也没有更坏。"

邱雨吸一口气，自腰间掏出一沓钞票，以无限怜惜、小心翼翼的手势将它们逐张摊开来抚平。

钞票既残又旧，十分污秽，邱雨又把它们卷好塞在妹妹手中。

邱晴握着钞票半晌，手心微微颤动，多年来她都不能习惯，太知道它们的来源了，永远不能处之泰然地接过收下。

她低垂双眼。

邱雨取出一支适才自麦裕杰处讨来的香烟，点着了，深深吸一口气，本来就盈盈一握的腰显得更细，高耸的胸脯更加凸出。

半晌她才吐出烟来。

"烦恼吗？"她咯咯地笑，"你也来吸一口，快乐赛神仙。"

邱晴轻轻拨开她的手。

邱雨看到妹妹大眼睛里露着深深的悲哀，一时心软，伸出手指，捻熄香烟。

她进房去看母亲。

邱晴趁机抓起那包香烟撕碎了就往街下扔去。

半晌邱雨出来，一边叹气一边说："你说得对，仍是老样子，一直喃喃道：'下雨那日生的孩子叫邱雨，晴天生的孩子叫邱晴。'"她坐下来，忽然发觉烟包不见了，顿时发怒，跳起来揪住妹妹的头发，"又是你捣鬼，拿出来！"

邱晴忍着痛，只是不出声，姐姐把她的头推到墙上去撞，一下又一下。手累了才放开，眼睛如要喷出火来。"叫你不要干涉我，讨厌。"

她把妹妹推在地上，开门走了。

邱晴忍着痛，并没有即时爬起来，她趴在那里把散在地上的钞票逐张捡起来。

鼻尖滴血，额角淤肿，邱晴默默无言，洗把脸，熄了灯，睡觉。

她听到隔壁朱家养在檐篷上的鸽子一阵骚动，一定是那只大玳瑁猫又来觅食。

邱晴睁着眼睛，手放在胸上，看着天花板。忽然起风了，电线不住地晃动，灯泡摇来摇去，有催眠作用。到底年轻，邱晴的心事不及眼皮重，她睡着了。

第二天要考英文。

她出门适逢朱家外婆过来，这些日子，由这位邻居在日间看顾两姐妹的母亲。

"今日还好吗？"

"她坐在窗前。"邱晴抓起书包。

精瘦的老太太目光如炬。"你又挨揍了。"

邱晴摸摸头。"完全是我不好。"

老太太点点头："那简直是一定的。"

邱晴苦笑："外婆，交给你了。"

她把昨天姐姐带来的现钞分一半给这位保姆。

邱晴绕过西城路出东头村道，越过马路去乘公交车。

隔着晨曦烟雾看过去，这个面积六英亩[1]半布满数十条大街小巷及密密麻麻建筑的城寨比任何时候都似电影布景：英雄为了救美人，往往到破烂罪恶的三不管地带，门口挂着蓝色布帘的是赌馆，墙边贴着黄纸，上面写着五方五土龙神，前后地主财神……

外国人见了难保不兴奋若狂，没有一条唐人街比得上它那么精彩。

邱晴在这大布景内出生长大，眼看着母亲与姐姐都取到戏份，参与演出，再不走的话，剧本恐怕要交到她手中。

"邱晴。"

邱晴不用抬头，也认得这是曾易生的声音。

邱晴没有与他打招呼。

公交车来了，两人一前一后上车。

曾易生站在她身边，低声说："我们明天搬走。"

邱晴对他一直有若干好感，也曾听说曾家的手表表带工厂收入不错，曾氏夫妇克勤克俭，一早想把石屋卖出迁离，今早蓦然听到曾易生亲口把这个消息告诉她，格外觉得失落。

---

[1] 英亩：英美制地积单位，1英亩约等于4047平方米。——编者注（本书脚注均为编者注。）

她抬起头来，想说几句话，结果只道："我们做了五年邻居吧？"

曾易生笑："八年才对。"

邱晴点点头："祝你好运。"

"你也是。"过一会儿他又补一句，"我会来看你。"

邱晴到站下车，破例向曾易生摆摆手，那一直剪平顶头打扮朴素的年轻人脸上露出怅惘之情，公交车只逗留几秒钟就开走了。

八年前，姐姐只有她现在这样年纪，母亲还没有患病。

那是很久很久以前的事了。

考试进行到一半，邱晴就觉得有异。

课室外有陌生人守候，校长在玻璃窗外探望过好几次，其他同学都坐立不安。

下课铃响，学生纷纷交上卷子，老师说："各位同学就座。"众人立刻静下来。

校长板着面孔进来，身后跟着两名大汉。邱晴的生活经验比任何一位同学都丰富一点，她马上知道他俩是便衣探员。

又要搜书包了。

邱晴就读的当然不是出类拔萃、声誉超卓的贵族名校，但是书包里抖出来的内容，有时连她都觉得诧异脸红。

半小时后，一番扰攘，他们并没有找到他们要的东西。

正当大家松口气，预备放学的时候，校长说："邱晴，请你到教务室里来。"

邱晴一怔，抬起头。

这已经发生过一次，别人都可以走，独独她要留下。

她挽起书包，走到教务室，有女警在等她，细细在她身上翻一遍，一无所获。

她向邱晴盘问："有家长在她女儿书包里捡到这个，于是通知我们。"她摊开手，给邱晴看小小的透明塑料袋，里边装着少量粉末，"这是我们在厕所里找到的，你知道是什么吗？"

邱晴眼睛都不眨。"我一点主意都没有。"

"你从来没有见过这样的东西？"

"从来没有。"

"你没有把这样的东西交给任何同学叫她们转卖？"

邱晴摇摇头。

校长与女警对望一眼。

邱晴说："我有一个问题。"

校长答："你讲好了。"

"每一个同学都要接受问话，抑或只有我？"

校长不语。

"还有，"邱晴轻轻地问，"如果我住在山顶道，是否一般得搜身答话？"

校长沉默一会儿，气氛有点尴尬，她终于说："我们必须彻查这件事，邱晴，你现在可以走了。"

邱晴忍气吞声站起来。

女警温和地为她开门，最后请求她："你可否向我们提供任何线索？"

邱晴说："我什么都不知道。"

也什么都没有看见。

女警细细打量她的脸。"你额角上有淤青，同人打架？"

"我在浴室摔了一跤。"

"你要小心。"女警语意深长。

"我会的。"

邱晴一直走到操场，才松一口气。

日头真毒，晒得她晕眩，没有用，明天还是要回到这里来，她同自己说过，无论怎样，一定要读到毕业，只差两年，大不了天天被搜书包。

做足功课，不管闲事，独来独往。饶是这样，一有什么风吹草动，第一个想到的，仍然是她。

邱雨把双腿交叉搁在桌上，她洗了头，正在晾头发，随口问："把你开除了？"一边在指甲上搽上鲜红蔻丹。

邱晴跳起来。"我又没有错。"

"人家相信吗？"

"我不知道。"

两姐妹已浑忘昨夜打架的事。

"曾家把屋卖掉了你可知道？"

邱晴点点头。"有发展商一直自龙津路开始到东头村道收购石屋改建。"

邱雨诧异地笑。"你知道的还真不少。"

这都是曾易生告诉她的。

"或许我们也可以把握这机会搬出去。"邱晴冲口而出，"听说向东头村道的屋子售价最贵。"

"出去？"邱雨诧异地看着妹妹，"到什么地方，干什么事，何以为生？"

邱晴辩道："你不愿离开麦裕杰，你甘心在这里终老？"

邱雨跳起来说："你有否想过母亲可走得动，可找得到药。"

邱晴气馁。

"读书读得脑子都实了。"邱雨骂她，"就想数典忘祖，你有本事大可立刻走，没有人会留你。"

邱晴噤声。

"你还愣在这里干什么，没有事做？"

邱晴连忙去打理家务。

邱雨换过衣服，穿上高跟鞋，噔噔噔一路奔下狭窄的楼梯去。

朱家外婆过来说："你们应当把母亲送到医院去治疗。"

邱晴平静地回答："她不愿意死在医院里。"

"也许治得好。"

邱晴摇头。"不，医生亲口同我俩说，只余半年时间。"

"可能——"

邱晴取过架上一帧照片。"你看她以前多漂亮。"

老人一下子就被邱晴拨转话题："是呀，比你们两姐妹俏丽得多，当年一出场人人目不转睛。"

"那是多久以前的事了？"

"有二十年了，那时城寨可真热闹，光明街整夜车水马龙。"

"听说我母亲独自进来找生活。"

"已经带着你姐姐，抱在手里，几个月大，后来交给我抚养。"

"你呢，外婆，你在这里住了多久？"

"我民国初年就已经住在这里。"

"那时人头可挤？"

"已经有百余人家，两三千人口，没有水喉，在大井打水喝。"

邱晴耳聪目明，听到有脚步声，抬起头来。

她站起身，擦掉手上肥皂去开门。

门外站着一个中年男人，邱晴喊一声"爹"，延他入屋。

朱家外婆连忙躲入房中。

那中年人穿一件花衬衫一条短裤，头发剪得极短，沿额角一圈因长期戴帽子，压成一道轨迹，不穿制服，明眼人看得出他干的是哪一行。

他温和地说："坐下，我有话同你说。"

邱晴暗叫不妙，这些日子来怎地多事。

她静静地等他开口。

"邱晴，我并不是你生父。"他似有点难为情。

"我知道。"

"我常想，我亲生孩子有你一半懂事就好了。"

邱晴微笑。

"我认识你母亲的时候，你才三岁。"他停一停，"你姐，不肯叫我，你却一开口就叫爹。"

邱晴记得这件事。

她几乎救了母亲，这一声使中年男人下了台，顺手抱起她，从此以后，她一直没改口，叫他爹。

他感喟地说："转眼间十余年。"

他不是来叙旧的，邱晴一直微笑，静心等他纳入正题。

他终于说："我是来道别的。"

邱晴收敛了笑意，惊疑地看着他。

"我不能再照顾你们了。"

邱晴把身子趋向前，压低嗓音："可是你家里不让你来？"

"不，他们一向管不到我。"

邱晴皱起眉头："那是为什么呢？"

他低声说："我已经辞职，很快要离开本市。"

"你要移民？"

他抬起头，看着天花板，叹口气。

在邱晴的印象中，他一向是个深藏不露、胸有成竹的人，此刻看到他眼中闪烁着彷徨之意，邱晴大惑不解。

过了很久很久，他问邱晴："你有没有留意本港新闻？"

"有，社会科规定我们读新闻写笔记。"

"那前两日，你读过葛柏总警司潜逃的新闻吧？"

邱晴一怔，抬起眼。

中年男人看到她年轻明亮的眸子，不禁转过头去。"总督特派廉政专员公署将要成立，你明白吗？"

邱晴立刻点点头，她全神贯注地听着他说的每一句话。

"你真是一个聪明的孩子。"

可是到底还是个孩子，邱晴问："我们以后怎么见面？"

"我想这要看缘分了。"他苦笑。

邱晴这才明白事情的严重性，母亲以及她们两姐妹很快就要落单，她不由得紧张起来，握紧双手。

他掏出一只牛皮纸信封，放在桌子上。

"以后如果有人要问及我，记住，你不认识我，从来没有见过我。"

邱晴落下泪来，一边把信封揣在怀里。

"好好照顾你母亲，她的药我仍派人送来。"

邱晴追到门前。"你今天就走？"

他不置可否，开了门下楼梯，邱晴追在他身后。木楼梯长且狭，一盏二十五瓦的电灯又失灵，灰暗，如黄泉路，追到一半，邱晴识趣地止步。

中年男子发觉身后的脚步声停止，又转过头来看，邱晴这才急急走到他身边，看他还有什么吩咐。

他什么话都没有说。

终于邱晴忍不住，问他："你是不是我的生父？"

他很温和地答："不，我姓蓝，你姓邱。"

他转过头走了，有一辆黑色大车在七巷巷口等他。

邱晴用手背擦一擦眼泪，慢慢一步步回到家中，掩上门。

朱家外婆不可置信地问："他决定潜离本市？"她在房内都听见了。

邱晴没有回答。

"现在谁来包庇这一带的活动？"

邱晴不语，桌上有朱家外婆带过来要做的嵌合玩具，一个个洋娃娃的头部，眼眶是两个乌溜溜的洞，一对蓝眼睛要靠人手装上去，凑合了机关，洋娃娃才不致有眼无珠，吧嗒吧嗒地会开会合。

邱晴随手拾过一对眼睛玩起来。

　　半晌邱晴说：“去年夏天不是接了小小塑胶天使来做吗？翼子管翼子，光环管光环，凑合了像真的一样。”

　　那天半夜，邱晴被响声吵醒，一睁眼，看见母亲坐在床沿看她。

　　“你怎么起来了？”

　　“我想换件衣服，穿双鞋子出去走走。”

　　“三更半夜，上哪里去？”

　　“吃完夜宵去逛夜市，来帮我梳头。”

　　邱晴只得起来，扶母亲坐下，取出一把梳子，小心翼翼替她梳通头发。

　　“拿镜子我瞧瞧。”

　　邱晴没有理她。

　　“不能看了，是不是？想必同骷髅一样，所以他临走也没进来看我。”

　　邱晴搂着母亲，微微晃动，安抚着她。

　　“他大抵是不会再来了。”

　　邱晴点点头。

　　“这些年来他算待我们不错。”

　　“你该睡了，我帮你打针。”

"不，有一件事我要跟你说清楚。"她按住女儿，"现在不说，没有时间了。"

"大把时间，妈妈，大把时间。"

邱晴扶她进房，轻轻将她放下。

邱晴觉得母亲的身体轻飘飘的，一点分量都没有，像挽一套衣裳。

从前她是丰硕的，身形像葫芦，夸张得不合比例，一身白皮肤，是以爱穿黑衣裳。

邱雨这一点非常像母亲。

邱雨在一段日子之后才惊疑地问："蓝应标走了你可知道？"

邱晴点点头。

"你知道为什么不早说，他那一党撤走闹多大的事你可晓得？多少人无法立足要往外跑。"

邱晴抬起头来镇定地说："麦裕杰不走就行。"

邱雨得意地笑："他呀，他倒真的有的是办法。"

邱晴不出声，眼睛只看着功课。

"你在想什么？"邱雨探过头来看妹妹的脸，"曾家小弟搬出去之后有没有看过你？"

无论什么时候，邱晴都还有兴趣说笑话。

邱晴干脆地答："他们搬出去的目的就是不想再见到我们。"

"麦裕杰刚刚相反，他人住在外头，进来是为着见我。"邱雨说着咯咯地笑，"小曾的老母这下子可安乐了，往日他们见到小曾与你攀谈，千方百计地阻挠。"

是的，邱晴惆怅地想，曾伯母从来不曾喜欢过她。

在这个地区，邱小芸大名鼎鼎，无人不识，她的事迹使曾伯母尴尬。

邱晴记得她们初做邻居时曾伯母问她："邱晴，听说你不从父姓从母姓。"

小小的邱晴记得母亲的说法是："既然人人都得有个姓，无论姓什么都一样，就姓邱好了。"

"是的。"她答，"我妈妈姓邱。"

"你父亲姓什么？"

小小的邱晴勇敢地答："我不知道。"

曾伯母吓一跳："你姐姐也不知道？"

邱晴笑了："她父亲在内地，他不关我的事。"

那妇女蓦然弄明白一件事，邱晴与邱雨不但没有父亲，且不同父亲。这是什么样的家庭，这邱小芸是何等淫乱的一个女子，而曾易生竟同邱家的女孩来往！她震惊过度，说不出话来。

邱晴冷眼看着曾伯母，有种痛快的感觉：你要打探，就坦白地告诉你好了，你受得了吗？受不了活该。

曾太太真正吓坏，赶返家中，即时警告儿子，以后不得与邱氏任何人交谈来往，同时立定心思，要搬出去住。

邱晴同姐姐说："曾易生的年纪其实比麦裕杰大，暑假后他好像升大学了。"

邱雨轰然笑出来。"哗，大学！小妹，别告诉我你也有此志向。"

邱晴木着脸答："我未至于如此不自量力。"

邱雨的声音忽然变得很温柔很温柔，她说："别担心遥远的事，我们的命运，早已注定。"

姐妹俩搂在一起。邱晴感觉到姐姐柔软的腰肢，温暖的肌肤。

"来，把母亲交给外婆，我们出去看部电影。"

邱晴跟在姐姐与姐姐男朋友身后，一声不响。坐后座有坐后座的好处，她是局外人，事不关己，做个旁观者。

天热，麦裕杰驾车时故意脱掉外衣，只穿一件汗衫背心，露出一背脊的文身。

一条青色的龙，张牙舞爪盘在他肩膀上，邱晴很想拉开汗衫看个究竟，听说他腰间刺着一头栩栩如生的猛虎。

花纹太花，远看不知就里，还以为他穿着一件蓝花衣裳。

他从前座递一盒巧克力给邱晴，在倒后镜里看她。"你在想什么?"

邱晴打开盒子，取出一块最大的塞进嘴里，腮帮鼓鼓，没有什么事比尝到甜头更令人满足。

麦裕杰百忙中一向照顾她。

邱雨在前座揶揄妹妹："一点贞节都没有，但求生存，陌生男人随口叫爸爸、哥哥。"

邱晴听了非常伤心，完全说对了，姐姐再了解她没有。一生到这世界上，她便决定生存，朱家外婆这样说她："接生千百次，最小的婴儿是你，不足月，才五磅 [1]，小小的像只热水瓶，面孔才梨子般大，但马上大声哭起来，我知道没问题，这女婴会在这黑暗的房间里活下来。"

---

[1] 磅：英美制重量单位，1 磅约等于 0.4536 千克。

母亲生产一星期后便恢复工作养家干活，邱晴一直喝一种打块的劣质奶粉。

邱雨继续说下去："要当心我的小妹，她没有骨气，只有目的。"

麦裕杰来解围："她不过只叫我一个人哥哥。"

"有其他的人，会让你知道吗？"

邱晴一声不响。

"你别介意。"麦裕杰说，"你姐姐一张嘴坏，心里挺疼你。"

邱晴无须他的安慰，她也太了解她的姐姐。

麦裕杰停好车子，披上外衣，带着两个妙龄女子扎进闹市拥挤的戏院大堂，惹来若干艳羡目光。

立刻有地头虫拿着戏票来交给他，邱雨十分享受这种特殊待遇，顾盼自若起来。

邱晴不语，跟着他们进戏院。

灯一黑，邱晴窝进座位里，舒舒服服地看起戏来，她可不管椅子是否爆烂毁坏，脚底下的汽水罐甘蔗渣是否难以容忍，她一早懂得自得其乐。

看到感动之处，照样落下泪来，戏里女主角的遭遇其实并不比她们母女更惨更差，但生活一拖数十年，逐日过，再悲哀也会冲淡，戏浓缩在数十分钟里，感人肺腑。

戏院亘古是逃避现实的好地方。

灯一亮，散场了。

麦裕杰要带她们去吃饭。

邱晴终于开口说话："我要回去了。"她要接朱家外婆的更。

邱雨马上说："你自己走吧，我还未尽兴。"

麦裕杰说："喝杯茶解渴再走。"

他们在附近茶室坐下，邱晴叫一杯菠萝刨冰。

麦裕杰笑："我第一次请你喝茶，你才十二岁。"他介绍邱晴喝菠萝刨冰。

麦裕杰所不知道的是，邱晴第一次同曾易生在学校附近的饮冰室约会，叫的也是菠萝刨冰。

麦裕杰与邱雨背对着玻璃门，一男一女推门进来，让邱晴看个正着。

她一怔，立刻低下头。

缓缓再抬起头，假装不经意，眼睛往那个方向瞄过去，肯定那男的确是曾易生，不禁紧张地轻轻吞一口口水。

他罕见地活泼，一直微笑，女伴穿着白衣，短发上结一只蝴蝶发夹，长得十分清秀，这样的女孩子，才合曾易生母亲的标准。

邱雨半个身子靠在麦裕杰膀臂上，膏药似的贴紧，并无留意小妹神色变幻。邱晴待一会儿，终于说："我真的要回去了。"

她站起来，绕过小冰室空桌走向玻璃门，人家可没有看见她。

邱晴松口气，反而觉得自由，叹口气，乘车回家。

有人在家里等她。

那男子一见少女进来便上下打量她，继而笑笑说："蓝爷临走时吩咐我拿药来。"

邱晴向他欠欠身子。

"这是最后一次。"

邱晴一怔。

"以后，你要这个，得亲自上门到龙津道来找我。"

"可是我爹说——"

那人摇摇头。"他已不能包庇任何人，现在我们拿这药，同外头一样困难。"他抬起头，像是在缅怀过去的全盛时代似的。

"我母亲不能没有它。"

男人笑了："谁不是这么说呢。"他站起来，"你既然是邱小芸的女儿，你就会有办法。"

他临走时再上下打量邱晴。"你同你母亲初来登台时一模一样。"

他一走，邱晴立刻跑到美东村去借电话用。

号码拨通了，电话呜呜地响，马上有人来接听："你找谁？"语气声调全不对。

邱晴机警地不出声。

对方立刻问："你是谁？"

邱晴扔下话筒，飞步奔回家门。

蓝应标已经走了，有人守在电话机旁专门等线索送上门去，邱晴捏一把冷汗，倒在床上，犹自颤抖。

药再次用尽那一天，早报上大字标题这样写：总督特派廉政专员公署今日成立，公署条例正式生效。

邱晴合上报纸。

自学校返来，朱家外婆静静地对她说："你母亲有话同你讲。"

邱晴的书包跌到地上，她太清楚这老人，越有事她越镇静，大势已去，急也来不及了。

邱晴到房间里去。

那板房里长年累月躺着一个病人，空气又不流通，渐渐生出一股腐败的气味。

"妈妈。"邱晴蹲到母亲身边。

她难得清醒，看到女儿微笑起来。"那是一个晴天，我生你的时候是一个晴天。"

"我知道。"

"你们朱外婆，她会告诉你。"

邱晴握住母亲的手。

"我当日生下你同你哥哥。"

邱晴一震，看着朱家外婆，这一定是梦呓。

老人不出声。

"我有兄弟？"邱晴追问。

她母亲答："孪生……"

"他在何处？"

"交给人收养。"

"你从来没有告诉我，为什么不同我说，我有权知道。"

她母亲汗出如浆。"痛……"

邱晴站起来，拉开抽屉，又推拢。"我出去想办法。"

她走到往日熟悉的摊档，门户紧锁，不得要领，只得摸到龙津道去，认清门户有神位的铺位，大力敲门。

半晌有人来开门，冷冷地向穿着校服的少女问："你找谁？"

邱晴推开那男工，发觉铺位里是一家小小织布厂，机器声整整齐齐咔嚓咔嚓不住地响，棉絮飞舞，这不是她要找的地方。邱晴握紧拳头。"我要见你们老板。"

"老板不在。"

"胡说，我上星期才同他买过东西。"

"你弄错了，小姑娘，我们老板到新加坡去已经有一段日子。"他向邱晴逼近一步。邱晴退到角落，摊开手掌。"我有钱。"

那男工犹疑一刻，咧开嘴唇："你跟我来。"

邱晴急出一身汗，在这时刻同他讨价还价太过不智，跟他进小房间更加不妙。

她的精神绷得不能再紧，忽然之间，有一只手搭过来放在她肩膀上，邱晴整个人弹起。她看清楚了他。"杰哥！"

在这种要紧关头看见救星，邱晴闭上双眼抓紧他的手。麦裕杰把她拨到身后。

他赔笑道:"张老三,对不起,我妹妹不该跑到这里来打扰你。"那张老三退后,惊疑地说:"阿杰,你搞什么鬼?"

"你多多包涵,我这就带她走,改天我再向你解释。"张老三犹疑一刻,挥挥手,让出一条路。"快走。"麦裕杰拖着邱晴的手一起从后门离去。一看到天空他便责备她:"你有事为什么不与我商量?"

邱晴的眼泪终于忍不住涌出来,双腿发软,靠在墙上。

"你在这里住了十多年连规矩都不懂,我要不是凑巧看见你走进这家厂你还想全身出来?"

邱晴哀鸣:"我母亲不行了。"

麦裕杰一怔。"我马上与你上去看她。"

"她需要——"

"我知道,我有办法。"

推开家门,邱晴知道已经来迟了。

朱家外婆很平静地对她说:"你母亲受够了,她走了。"

邱晴跌坐在椅子上,看着麦裕杰。

麦裕杰把手放在邱晴肩膀上。"邱雨接到一个临记角色,在澳门拍外景,我立即找她回来。"

尽管很久很久之前就知道这一天会来临,人人都有心理准备，到它真正来临，感觉又完全不一样。

邱晴问朱家外婆："她没有吃太大的苦吧？"

"你快进去见她最后一面。"

那并不是好看的景象。

麦裕杰说："今夜我替你找个地方住。"

邱晴答："我并不害怕，我可以留在这里。"

她用手掩住面孔，眼泪自指缝间不住流出。

麦裕杰说："我去处理后事。"

他走了以后，邱晴觉得室内昏暗，去开灯，发觉灯已亮，不知怎的，忽然之间她无法忍受，翻箱倒柜，找出一枚一百瓦灯泡，立时三刻站在凳子上换起来。

她把灯关掉，熄灭的灯泡仍然炽热，烫得她一缩手，已经炙起了泡，邱晴不顾三七二十一，把新灯泡旋上，开亮，但因为电压不足，始终不能大放光明。

朱家外婆默默看着她一轮发泄，闷声不响，点着一支烟，像往日般舒泰地吸起来。活到她那样，情绪已不受任何因素影响。

邱晴多想学她，但是连脸颊都颤抖不已，她要用手按住两腮。

这时忽然听得朱家外婆轻轻地说："你与你兄弟出生那日，确是一个晴天。"

邱晴疲乏地问："他现在何处？"

"你母亲嘱你去找他。"

"领养他的人，姓什么？"

"姓贡，叫贡健康，因为这特别的姓氏，多年来都没有遗忘。"

"私自转让人口，在本市是不合法的。"

朱家外婆自然毫不动容。"我一生住城寨里，不知道这些事。"她停一停，"贡先生给的红包，足足维持你们母女一年的生活。"她又停一停，"你母亲稍后染上癖好，花钱可不省，贡某算是慷慨的了。"

"她为什么在临终把这件事情告诉我？"

"你找到兄弟，或许有个倚傍。"

邱晴摇摇头。"他姓贡，我姓邱。"

或许在临终时分，母亲终于想起了他，在她记忆中，他大概永远似分别时模样，小小的襁褓由陌生人抱着离去，从此下落不明，邱晴会长大，这个男孩永远不会，她可能要邱晴去把他抱回来。

　　朱家外婆回去休息，邱晴一人守在厅中。

　　"噗"的一声，灯泡忽然爆碎，灯熄灭。邱晴才发觉，经过这么天长地久的一段时间，天根本还没有黑。

二

一个成熟的人往往发觉可以责怪的人越来越少，人人都有他的难处。

邱雨过了两天才回来。

这两天麦裕杰一直陪着邱晴。

邱雨一进门暴跳如雷,将所有可以扫到地上的东西都扫在地上,她没有及时得到消息,把一口气出在邱晴身上,拉起她就打。

麦裕杰用手格开女友,冷冷地说:"你怪谁,电话打到澳门,制片说你陪导演到广州看外景,谁会知道你成了红人?"他铁青着脸拆穿她。

邱雨一怔,无法转弯,索性伏在桌上痛哭起来。

麦裕杰怒道:"这种姐姐要来干什么!"

但这姐姐也是替邱晴缴学费的姐姐。

麦裕杰取过外衣出门,邱晴紧紧跟随他身后。

麦裕杰终于转过头来："你干什么？"

"不要生她的气。"

麦裕杰注视她。"你同你姐姐是多么不同。"

邱晴忽然笑起来。"你错了，我们是同一类同一种，我们不是天使。"

麦裕杰伸手摸摸她的面孔，沉默良久，才说："闷气时不妨找我，我们出去散散心。"

邱晴回到家，邱雨已经停止哭泣，她仰着头，正在喷烟，眯着双眼，表情祥和。

邱晴冒着再挨打的危险说："你应该戒掉。"

邱雨不去理她。"母亲可有遗言？"

"没有。"

"有没有剩下什么给我？"

"除非你要她的剪贴簿。"

邱雨按熄烟蒂。"你指明月歌舞团的剧照？"

"她生前很为做过台柱骄傲。"

邱雨讪笑，满不在乎地摆摆手。

她的坐姿，她的笑靥，连邱晴都觉得姐姐像足母亲。

"姐姐，你可记得幼时的事？"

"记得，在后台幕隙中偷窥母亲用羽扇遮掩住裸体跳舞。你的运气比我好，你懂事的时候母亲已经半退休。我则不同，我自三岁开始就知道她是脱衣舞娘。"邱雨的语气怨愤。

邱晴不响。

"你不能想象，台下那一双双亮晶晶的眼睛，通通为看她的肉而来。"说着邱雨轰然笑起来，她笑得挤出眼泪来，不住用手指划掉泪水。

停了一会儿她说："后来蓝应标出现，他肯照顾她，她便安分守己坐家里侍候他，开头待我们多阔绰，后来不行了，不是没有钱，而是钱不能见光，不敢提出来用。"

邱晴也记得那段日子。

"以至这层公寓，当年要用你的名字登记，便宜你了小妹。"语气逐渐苍凉。

邱晴绞一把热手巾给姐姐擦脸。

"母亲一向比较喜欢你。"

"不。"邱晴说，"她总等你回来吃饭。"

"这是多久以前的事了。"

"在我们这里，山中方一日，世上已千年。"

邱雨侧着脸看牢妹妹。"你的书还要念下去？"

邱晴过去握住姐姐的手:"请你继续支持我。"

"有什么好读,你不如出来跟我做。"

"不!我决不!"邱晴惊骇地退后一步。

"神经病,看你那样子,恶形恶状。"邱雨直骂,"你别以为你肯做就做得起来。"

"我还有一年多就毕业了。"

"对。"邱雨点点头,"自书院出来,拿千儿八百在洋行里做练习生,听电话斟茶管影印机,好让姐姐一辈子支持你。"

邱晴凄凉地微笑。"但是没有那些眼睛。"

邱雨一怔。

"洋行里没有那些亮晶晶贪婪的眼睛。"

邱雨这才听懂,"呸"了一声:"你真的天真,有人就有眼睛。"

"你还没有答应我。"

"你真会讨价,尚余一年多是吗?"

邱晴感激地搂住姐姐,邱雨说:"将来你要是嫌我,我把你的头拧下来当球踢。"

半夜,房间似传来呻吟之声,邱晴醒过来,并没有进房去看。

他们不会回来的。

邱晴转一个身，睡着了。

现在她单独住在这里，姐姐有时回来，有时不。

姐姐留夜的时候躺在母亲以前的床上，咳嗽，转身，完全同母亲一模一样。

一次朱家外婆进来，怔怔地问："小芸，是你回来了？"

那只是失意的邱雨，得意的时候，她从不归家。

留下邱晴一个人，慢慢翻阅母亲的剪贴簿，度过长夜。

朱家外婆看见了便说："外头世界不一样了，你一点都不管，有头面的人已纷纷搬走。"

邱晴笑笑："过一阵子雨过天晴，还不又搬回来。"

"这次听说政府是认真的。"

"城寨更认真，我查过书，公元一八四三年它就在这里了。"

"这里还有什么，你说给我听。"

"最后人人都走了，只剩下我同你。"

朱家外婆笑："不，只剩下我老太婆一个人。"

夜深，风呜呜地响，西城楼近空旷地带，特别招风，朱家外婆一个人缓缓走到天后庙去，她根本不需要新装置的街灯照明，这条九曲十八弯的路她已走了半个世纪，再隐蔽也难不倒她。

半夜有人咚咚咚敲门，邱晴惊醒。

她绾一绾头发，起身靠紧木门，低声问："谁？"

"麦裕杰。"

邱晴连忙打开门，麦裕杰伸手进来，把一只包裹丢地上。"好好替我保管。"他似魅影般在梯门消失。

邱晴连忙掩上门，下锁。

她轻轻拾起那只包裹，一看，是只中型的糖果盒子，盒上印着五颜六色的巧克力。

邱晴将糖盒顺手搁在原有的饼干盒子堆中。

最安全的地方往往不是最隐蔽的地方，而是最显眼之处。

第二天下课，有人在对面马路等她。

那人走近的时候，邱晴还以为是曾易生，他说过会儿来找她，一直没有。看清楚了，才知道是麦裕杰，两人身形差不多。

他低声说："我答应带你散心，今晚七时在美都戏院等你。"

邱晴看着他。"要不要带糖？"

"要。"

麦裕杰已经走远。

回到家她把糖果盒子轻轻打开，里边放着白色轻胶袋，再打开，她看到透明塑料袋内是一把簇新红星标志的手枪，式样袖珍精致，与玩具店里陈设的最新出品没有多大分别。

她把盒子放进书包里。

从家到美都戏院，车程就要半小时，下了公交车，还要步行十分钟，这件货不好送。

邱晴考虑了一会儿，还是去了。

她比她自己想象中要镇定得多，校服的功劳不少，雪白的裙子给了她信心。

邱晴穿插在人群中到了美都戏院大堂，一看，有一大群穿校服的学生在排队买票，她马上放下心，顺势排在他们当中。

不到一会儿麦裕杰就出现了，他跟在她后面，她买了两张角落票，鱼贯进场。

在黑暗中，她把糖果盒子交给邻座的他。

麦裕杰一声不响，又把盒子转交给另外一人。

邱晴见任务完毕，便站起来。

麦裕杰笑问："你喜欢这出戏？"

邱晴也笑，她真的佩服他。

两人离开戏院，他带她去吃西菜。

"多谢你帮我这个忙。"

"你救过我。"

"你知道盒内是什么？"

"我打开来看过。"

"你不怕？"

"小时候蓝应标时常把三点八空枪给我玩。"

"蓝应标现在在美国开餐馆。"

"有时我颇想念他，他照顾我们的时候我们过得最丰足，什么都有，母亲用最好的法国香水，叫一千零一夜。"

"看我买了什么给你。"

他掏出一只金表，替她戴上。

邱晴睁大眼睛。"不不，我不能收下，校规不准佩戴首饰。"

"放假时用好了。"

"杰哥，我不会再为你带东西，上得山多终遇虎。"

麦裕杰看着她。"你一点都不像你姐姐。"

"就因为我有这么一个姐姐，所以我才可以穿起校服做不像姐姐的我，不然的话，我就是我姐姐，别在我面前说我姐姐不好。"

"喂喂喂，别多心，我何尝有批评你姐姐。"

邱晴呼出一口气笑。

过些时候她问:"你们几时结婚?"

麦裕杰一怔:"她还有其他男朋友。"

"你呢,你老不老实?"

麦裕杰被她逗笑,眼睛眯成一条线。"你那小男朋友呢?"

邱晴感喟:"他已把我忘得一干二净。"

麦裕杰忽然伸出手来,轻轻摸一摸邱晴的面颊。"谁有那么大的本事,能够把你丢在脑后。"

邱晴忽然涨红了脸。

他送她回家。

邱雨双手叉着腰在梯间等他们。

她冷冷地同妹妹说:"原来你这样报答我。"

邱晴急急分辩:"你误会了,姐姐。"

"我误会?朱外婆说的,麦裕杰半夜来敲门,此刻又被我亲眼看见,你俩亲亲热热地双双归来。"

邱晴气红了眼,推开姐姐,奔上门去找朱家外婆算账。

她的牛脾气一旦发作不好应付。

邱晴用拳头捶门。"朱外婆,你出来对质,你出来。"她哭了。

朱家外婆打开门，一阵檀香味扑出来。

邱晴质问："你对我姐姐说些什么？"

朱家外婆正在观音瓷像前上香。"不管说过什么，以后那满身文身的小伙子都不便再来找你。"

"麦裕杰不是坏人。"

"两次案底都不算是坏人？"

邱晴语塞，没想到老人什么都知道。

"城寨里安分守己的良民并不少，你何必同这种人混。"

"他对我一向不错。"

"有你姐姐替他卖命已经足够。"

邱晴顺手把金表脱下，丢在桌上，开门回家，刚来得及看见姐姐与麦裕杰搂着下楼梯。

没想到三言两语他们已解释清楚和好如初。

邱晴动了真气，一个多月不与他俩说话。

邱雨掉过头来哄她，她也不予搭理。

进进出出遇到朱家外婆，假装不认得。

麦裕杰只得在校门口等她。

看见邱晴，挡在她面前，她往右，他也往右，她往左，他也往左，总是不让她走过。

"邱晴，你听我说，我打听到你兄弟的下落了。"

邱晴一怔。

"你不想见他？"

"我没有兄弟。"邱晴停一停，"再说，叫姐姐知道我同你说过话，我是一条死罪。"

"两个月前的事你还在气！邱雨与我已决定结婚，你可晓得。"

邱晴转怒为喜："真的？"

"骗你做甚，不过婚后我们会在外头住。"

邱晴失望："为什么？"

"城内各式洞窟没有特殊权力倚赖已经不能立足，一定要退出。"

邱晴不语。

"对了，你的哥哥姓贡，叫贡心伟，同你一样会读书，是英皇书院高才生。"

"你是怎样找到他的？"

"山人自有妙计，本市能有多大，要找一个人，总能找得到。"

"他长得可像我？"

"我没有见过他。"

"我暂时也无意相见，我们根本不认识。"

"你要有个心理准备，贡家家庭环境好像不错，每天有豪华房车载他上学，不过这小子也很怪，他喜欢早一个街口落车，然后步行到校门。"

调查得这样详细，要何等样的人力物力。

邱晴起疑："杰哥，你的势力，竟这样大了。"

"你也长高啦，明年就中学毕业了。"麦裕杰只是笑。

邱晴与姐姐言和。

邱雨带妹妹参观新居，房子在中上住宅区，一进门便是一大座关帝像，点着暗红的灯，看上去有点诡秘，厅房则布置得十分华丽。

邱雨说："你不是一直想搬出来？不如与我们住。"

此刻邱晴又不想这么做了。

"看我拍的结婚照。"没有注册先抢热闹。

邱雨穿着白纱，化过浓妆，在彩色照片中算得是美丽的新娘。

邱晴挑两款预备拿回老家，忽然感慨地说："母亲生前一直想拍结婚照。"

"同谁呢？"邱雨无奈地摊摊手，"她从来没有结过婚。"

"不要这样说。"邱晴哀求。

"我讲的都是事实，蓝应标再疼她也没娶她，20 世纪 50 年代的邱小芸是城寨的活幌子，引来多少客人，红极一时。"

邱雨深深吁了一口气，伸手自腰间摸出一包烟。

邱晴露出厌恶的神情来。

邱雨拾起打火机向她摔去，被妹妹眼明手快地接住。

"替我点火。"

邱晴真是原则管原则。"我不是你的婢妾。"她强硬地说。

邱雨放下香烟。"你这样讨厌，将来怎么处世，一定会给人修理。"

邱晴走到窗前，楼下是一个广场，看下去，只见簇新的车马，熠熠生辉。

她叹口气说："城寨真是破旧，环境恶劣。"

邱雨笑："但是它收留了多少苦难的人。"

讲得这样文艺腔，连邱晴都笑了。

"我知道你的想法，你不愿意倚赖我们。"

邱晴坐下。"不是这个意思，我的生活费用，还不是由你们支付。"

"那么，你是不愿意我们负累你。"

"更加离谱。"

"难道，你是想与我们划清界限？"

"不要瞎猜。"邱晴抬起头来。

"今晚不要回去了，留在这里陪我。"

邱晴意外："你不用上班？"

邱雨告诉妹妹："天天失眠睡不着。"

"杰哥呢？"

邱雨不出声，半晌才笑起来："你记不记得他刚出来那段日子？天天在家门口等我下班去消夜，真是个不二之臣。"

邱晴说："那时母亲挺不喜欢他。"

"他现在起飞了，忙得很呢，不大见得到人。"

"那你该找朋友逛逛街喝喝茶消磨时间，许多不做事的年轻人，都是这样的，你至少还有班姐妹淘，不比我，我真是一个朋友都没有。"

"小曾呢？"

"我不认识这样高贵的人。"

酸溜溜的语气使邱雨笑起来。

姐妹俩一直闲聊到黄昏，既不见麦裕杰的人，亦听不到他的电话，邱雨开始不安，到处找人去查他，天色越暗，情绪越是激动。

她重复同妹妹说："你今晚一定要在这里陪我。"

邱晴笑："我既饿又累。"

她似略为放心。"你一向似只猪，吃饱就想睡。"

"真的。"邱晴笑，"我从来没有睡不着的日子。"

自厨房出来，邱晴看到姐姐坐在床沿吞服药丸，一把一把地塞进嘴里，像人家吃花生那样。桌上热气腾腾的卤肉面忽然之间一点香味也没有了。

姐姐斟一杯酒，整个晚上握住它，喝到一半加一点，喝到一半又添一点，不知喝了多少。

人呆呆的，也不说话，似十分满足。

邱晴怀疑，这个时候即使麦裕杰回来，她会不会认得他。

因此他也不想回来。

终于"当"的一声，杯子掉在地下，邱雨倒在沙发上。

邱晴背不起她，只得将她安顿在客厅里，她取过书包想回家去，忽然想起姐姐再三请她留下。

邱晴迟疑一会儿，又放下书包。

读了两页功课，她揉揉似有四斤重的眼皮，伏在桌子上睡着了。

不知隔了多久，她抬起头来，摸一摸酸软的脖子，过去看看姐姐，见她呼吸均匀，便走到房中，和衣倒下。

再次睁开双眼时天已经蒙蒙亮，她是惊醒的，自睡到醒才一秒钟时间，邱晴浑身寒毛竖起来，低声喝道："谁?"她拨开伸过来的手。

朦胧中有人沉声答："我。"

邱晴一骨碌滚下来，背脊贴着墙。"杰哥?"

"不错。"麦裕杰笑，"是我。"

"你进房来干什么?"

"我也想问你躺在我床上干什么。"

邱晴后悔得要掌自己几个巴掌。"我马上走。"

她去拉睡房的门，门被锁上了。

"杰哥，不要开玩笑。"

麦裕杰冷冷地说："我还以为躺在床上的是你的姐姐。"

"姐姐就在厅外，我一叫她就听得见。"

"听得见? 你试试看，那些药加酒，炸弹炸都不醒，明天下午吃提神药都未必睁得开眼睛。"

他下床，缓缓向邱晴走过去。

邱晴瞪着他："你变了，姐姐也变了，你们都变了。"

等到他走近，邱晴乘机发难，一脚踢向他，麦裕杰没料到她有这么一招，痛极弯腰，可是还来得及伸手抓住邱晴的头发，把她拉倒在地上。

邱晴一声不响，咬他的手臂。

"你疯了，锁匙就插在匙孔内，一转就可以开出去。"麦裕杰咬牙切齿地说，"你把我当什么人。"

邱晴脱了身，开亮灯，一看，麦裕杰并没有骗她，连忙开门逃到客厅，她姐姐仍然伏在沙发上昏睡，邱晴拉开大门，一溜烟逃走。

站在晨曦中，才发觉忘记带书包。

摸摸口袋，幸亏尚余车资，她匆匆赶回家中梳洗。

课上到一半，有人给她送了书包来，同学窃窃私语，邱晴涨红着面孔回到座位，要到小憩时才能查看书包里少了什么。

什么都不缺，反而多了一些东西出来。

一只信封里有三张大钞，另外一张便条，麦裕杰这样写：邱晴，切莫误会。

太难了。

自那日起，邱晴不肯再到姐姐家去，她们改约在外头见面。

邱雨几次三番叫妹妹搬出来同住，这个时候，邱晴已经发觉，对她来说，最安全的地方，反而是城寨里边。

邱雨责怪妹妹固执。

邱晴不语。

"你是怕母亲忽然回来找不到你吧？"她慢条斯理地说。

邱晴摇摇头，不，她从不相信母亲还会回来，她不可能找得到路。

这样尴尬狼狈，她也毕业了。

拿到证书那一日，邱晴高兴得想哭，想找人共享快乐，走了一条街，都找不到适当的人，终于回到家，把证书塞进抽屉里。

朱家外婆来敲门，满脸笑容，没想到由她与邱晴分享这件盛事。

"有人来找你。"朱外婆说。

邱晴警惕地抬起头。

她几乎不认得他了，他比她记忆中更高大健康，此刻有点不好意思，站在门角笑。

朱家外婆问："记得他吗？"

当然记得。"曾易生。"他到今日才出现。

曾易生笑说："刚才我看见你上来，只以为你是你姐姐，没有叫你。"

邱晴且不去回答，只是问："贵人踏贱地，有什么指教？"

曾易生一愣，听出这话里的怨怼之意，可见邱晴怪他迟来，彼时他只当邱晴对他没有太大好感，现在他糊涂了，到底是怎么一回事？

他清清喉咙："我来看看城寨重建得怎么样了。"

朱家外婆连忙说："你们慢慢谈吧。"

曾易生摸一摸平顶头。"邱晴好似不欢迎我。"

"我已经打开了门。"

曾易生踏进门来。"你们这里一点没有变。"

"家母已经去世。"

"我听说过。"

过一会儿邱晴问："听说你们家大好了。"

"还过得去，你呢？"

"老样子。"

"朱外婆才是老样子，从我七岁到现在，她都没有变过。"

又静了下来，曾易生不住讶异，两年前瘦小紧张的邱晴，今日竟这样漂亮丰硕，女孩子真是神秘莫测的动物。

他咳嗽一声："我来找些资料，社会系讲师与我谈过，觉得我可以写一写 20 世纪 50 年代城寨最黑暗的一段时间。"

邱晴有点反感："你们曾家从来不沾这些，为什么不写它光明的一面？"

曾易生不语。

"善良的居民住在这里，竟受拆迁及逼迁之苦，生活克勤克俭，你应该比谁都清楚。"

"这个……人人都知道。"

"是吗，连你都不相信，外人会相信吗？"

曾易生更加尴尬，只得说："那时我们住在西区，的确平安无事。"

"那么，你打算写什么？"

"邱晴，我不会故意丑化我出生的地方。"

"要是能够为你拿高分数呢，又另作别论？"

曾易生大吃一惊，他今天来并非为吵架，他没想到他的习作会引起邱晴这样大的反感，她太激动了。

老实的曾易生说："我本来想同你出去喝杯咖啡。"

邱晴十分想去，又下不了台，有点懊恼。

可是曾易生十分容忍她："去吧，刚才的问题押后讨论。"
到底是一起长大的。

再不顺着梯子下来，恐怕要僵死在那里，于是邱晴说：
"曾伯母不知道会怎么说。"

"我已经成年，同什么人喝什么饮料，在什么地方喝，她
都不会干涉。"

"想来也不能怪曾伯母。"

"一个成熟的人往往发觉可以责怪的人越来越少，人人都
有他的难处。"这是称赞邱晴。

那么，邱晴想，这么长一段日子不见阁下影踪，又有什
么困难？

"我姐姐搬出去住了。"

"我听说过，据说，以前城寨的设施，现在许多地方都有。"

邱晴点点头。"分散投资，以免目标太大。"她解释。

曾易生笑："你口气像发言人。"

"朱外婆才是真命天子。"

"我跟她谈过，她胸腔不知有几多资料。"曾易生停一停，
"我主要还是来看你。"

应该相信他吗？

"你可打算升学？"

邱晴说："当然要读下去。"她转一转咖啡杯子，"姐姐不十分记得我念到第几年，我可以告诉她成绩欠佳留级，又多赖两年预科。"

曾易生啼笑皆非。

"大学生活同传说中是否一样？"

"还胜一筹。"

邱晴羡慕地看着他。

"我有种感觉你会做我的师妹。"

"多谢鼓励，言之尚早，我也许考虑进社会大学，你的师妹，不是那位长得雪白穿得雪白的小姐吗？"

曾易生一怔。"你见过曹灵秀？"

"你想想，"邱晴老气横秋地说，"这世界能有多大。"

曾易生听不出她语中沧桑，径自说："曹灵秀明年要到美国去念茱莉亚学院了，修钢琴，成绩好的话，可能会成为国际闻名的音乐家，说不定会在卡内基音乐厅演奏。"

他是那样替她高兴，越说越兴奋，完全没有顾及邱晴的心理。

这还是邱晴第一次听到世上有家茱莉亚学院，想象中在天际云边一个近仙界高不可攀的地方，曾易生近乎倾慕的语气又把它拉得更远更高。

邱晴马上多心变色，他莫非要以曹灵秀的高贵超脱来形容她的低俗？若是有心气她，还可原谅，偏偏他又似无心，则更加可恶，捧一个来压一个，至为不公。

曾易生犹自说下去："几时我介绍给你认识，她才十九岁，同你有得谈的。"

"我有事。"邱晴站起来，"我想先走。"

曾易生一怔，这女孩子真是瞬息万变，坐得好好的，忽然之间又不高兴了，难道言语间得罪了她？

说时迟，那时快，邱晴已经站起来离座，待曾易生付过账，走到门口，已经失去她的踪影，他像个呆瓜似的站一会儿，只得叫车离去。

邱晴一出门，心里还希望曾易生快点追上来，他应当速速扔下一张钞票，三扒两拨拉住她，说数句俏皮话，把刚才不愉快的事忘掉。但是没有，讲俏皮话的是另外一个人。

"他真笨。"有人在她身边说，"完全不适合你，他配不上你。"

邱晴吃一惊，转头望，站在她身边，穿套白西装，戴着墨镜的，正是麦裕杰。邱晴不去睬他。他怎么会知道这许多。

"小妹，我就坐在你们后面，你没看见我。"

邱晴涨红了脸。

"我的车子来了，送你一程。"

邱晴与他上车，曾易生待车子驶远才出来。

麦裕杰说："我最看不起这种人，他装什么，他还不是同你我一样，早些日子出去，就当自己上岸了，像个观光客似的谈起城寨来。"邱晴震惊。她真没料到麦裕杰会这样了解她的看法。

"那种假人，才不能满足你。"麦裕杰笑了。邱晴怔怔地看着前方。

"那种假人，正好配白面孔白衣裳坐在钢琴前过一生的洋娃娃。"邱晴的心头一热，没想到要由他来安慰开导她。

"邱家的女人都是活生生的，胜他们多多，你要是愿意，我也可以送你进最好的学院。"邱晴微笑，她一向不是任性的女孩，至今一点点气也平息下来，她说："我不要同什么人争。"

麦裕杰看她一眼。"可是你生他的气了，你从来不屑生我的气。"

"到了，我可以从贾炳达道走进去。"

"不管你怎么想，我们才属于同一类。"麦裕杰顿一顿，"你会发觉，你与我在一起，才能毫不掩饰做回你自己。"

最令邱晴气馁的是，他说的都是实话。

"你有邱雨就足够了。"

麦裕杰拉住她。"何必去高攀人家。"

"你放心。"邱晴说，"我才不会去高攀任何人。"

"那很好，我不会袖手旁观看你受委屈。"

她下车，走到一半，又回头，蹲在车旁，同麦裕杰道："你能不能多陪陪我姐姐。"

"这是我私人的事。"他没有正面回答，叫司机把车开走。

邱晴回到陋室，躺在床上。

是有另外一种女孩子的，她见过她们，清丽脱俗，生活环境太过完美，使她们的智力永远停留在某一个阶段。她们住在雪白的屋子里，睡在雪白有花边的床罩上，过着单纯白蒙蒙的日子，也结婚生子，也为稍微的失意哭泣，但白纸从来未曾着色。

曹灵秀必定是这样的人。

邱晴注定是色彩斑斓的一张画。

她叹口气，转一个身。

背后忽然传来幽幽一声叹息。

邱晴脱口而出："妈妈？"

陋室空空，除了她，没有别人。

床头没有钢琴，茶几上没有粉红色私人电话，案上没有插着鸢尾兰的水晶瓶子，她不是小公主，她父亲没有王国，她甚至不知道她父亲是谁。

她如果想拥有什么，就必须靠双手去争取。

朱家外婆用她那副锁匙启门进来，看见她，吓一跳。"你怎么回来了？"马上看到邱晴一脸眼泪，"发生什么事，受什么委屈了？"

邱晴的脸在枕头上一滚，再转过面孔来，已经没事人一样，由床上起来。

朱家外婆蹲在她身边。"你没有把握机会同小曾去散心？"

邱晴微微一笑。"他自有女朋友。"

"你要努力呀。"

"我要争取的，绝不是男朋友，他救不了我，只有我自己能救自己。"

朱家外婆连这样时髦的话居然也听懂了，过一会儿说："曾易生是个好青年。"

"太好了，就不属于我的世界，我已经习惯破烂，姐姐穿剩的衣裳，母亲吃剩的饼干，无论什么角落里扫一扫，就够我用三五七天。"

母亲健康的时候，并不看重她，蓝应标舍得替她置新衣也不管用，转眼变成手信转送他人。

一直要到母亲卧床，由她悉心全力照顾，母亲才真正看清楚小女儿。

"曾易生不算什么。"邱晴安慰老人，"相信我。"

"到我这边来吃饭吧。"

邱晴也不客气，跟着过去，不用睁开眼睛，也摸得过通道。

她在这里悠然自得，环境与她，融成一片，无分彼此，她觉得安全，舒服，自自在在做一个真人，爱沉默便沉默，爱负气便负气，都游刃有余，负担得起。

朱家外婆说："我老是觉得，你姐姐虽然出去了，却还是城寨的人，你虽然住在这里，却一早已经出去。"

邱晴笑，最初想出去的，绝对是她。

没想到，曾易生做功课的态度认真，接二连三地进来找朱家外婆印证他手头上的资料。

暑假，邱晴在快餐店做女侍，忙得不可开交，曾易生去敲门，十次有十次没有人应。

他相当怅惘。

下意识他希望接近母亲不让他接近的女孩子，看看到底有什么不可触碰之处。

一日邱晴放工回来，浑身散发着油腻味与汗息，正在唠叨良民同难民的分别不外乎在没有洗澡，在楼梯口就碰见曾易生。

这倒还罢了，他到底还是她的朋友，让朋友看到狼狈相无所谓。

但是他身后跟着曹灵秀。

邱晴看一眼就知道是她。

白衬衣白裙子，粉红色袜子衬白鞋子，全部粉彩色，似动画片中女主角。

曾易生马上笑出来。"邱晴。"他叫她。

那曹灵秀马上往曾易生身后躲去，像是怕邱晴会吃人似的。

邱晴不想与她计较，只是点点头。

曾易生说："我约了朱外婆，她想进来观光。"指曹灵秀，"顺便一起来。"

邱晴冷冷地说："我劝你当心一点，警察配着枪还四个一队地巡。"

曹灵秀紧紧抓住曾易生的手臂，惊惶地说："我回到车子上去等你。"

曾易生笑说："不要吓她，她胆子小。"

所以一直要受保护到八十岁，曾易生，祝你幸运。

邱晴挥一挥汗，走上楼梯。

后面，曾易生向女同学解释历史："此处不列入租地范围之内，成为活的标志，不管是哪一国的人，只要看到九龙城的存在，就不能不承认这是中国领土，这是它的历史意义。"

邱晴没有好气，掏出锁匙开了门。

"邱晴。"曾易生邀请她，"稍后我们一块儿去喝杯茶。"

邱晴答："我口不渴。"她用力关上门。

她没有听见门外的曹灵秀偷偷同曾易生说："她身上有味道。"用手扇一扇空气。

曾易生当然也闻得到，邱晴的体臭钻进他鼻端里完全是两回事，劳动，出汗，并不可耻。

他敲门，朱家外婆让他进去，曹灵秀又缩上鼻子。

那边厢邱晴努力清洗全身，食水靠街喉接驳进来，全屋只有简单的一只水龙头，套着橡皮管，什么都靠它。

卫生间内并无浴缸，去水倒是十分爽快，她握着水喉往身上冲，自小就这样洗澡。

工作地方自然不乏约会她的男孩子，明天，也许，她会答应他们其中一个。

人人都需要生活调剂。

正对牢风扇吹湿头发，曾易生又过来敲门。

邱晴大声说："我不去！"

"邱晴，请帮帮忙，有人不舒服。"

邱晴连忙绾起头发去开门，她以为是朱家外婆有意外，谁知中暑的是曹灵秀。

邱晴拒绝接待："快快把她送到医院去。"

曹灵秀在曾易生怀中呻吟一声。

"朱外婆说你有药。"

邱晴微微一笑。"我这里的药，吃过之后，均会上瘾。"

曾易生啼笑皆非。

邱晴见不能袖手旁观，便出手帮忙。

她把曹灵秀拖过来放平，让她服两颗药，喝半杯水，给她敷着湿毛巾。

曹灵秀饮泣："我要回家。"

邱晴说："太阳快下山了，马上就可以走。"她忍不住讪笑，这样便叫吃苦，太难为这个玉女了。

就在同一位置，整整九个月时间，她亲眼看着生母逐寸死去，也未曾吭半句声，谁还敢说人没有命运。

邱晴嘘出一口气。

她靠着窗看向街。

原本曾家住的房子已经拆卸，正在重建十一层高的大厦。

曾易生走过来，邱晴轻轻问："你认为她真的适合你？"

曾易生低声答："我们不过是比较谈得来的同学。"

稍后他把她带走，曹灵秀的白裙子已经染上一两个黑迹子，啧啧啧，多经不起考验。

第二天，邱晴到快餐店上班，有意无意地说："仙乐都那部电影听说好笑极了。"

站在她身边的是戴眼镜的小陈，他马上说："我立刻去买票子。"

邱晴随即后悔，她想证明什么？

下班时间越接近，越是狼狈。

她嗫嚅说："小陈……"

小陈笑，体谅地接上："你不想去看戏了。"

邱晴不敢回答。

"看场电影无所谓，真的有苦衷，也不要勉强。"

邱晴十分感动，放下一颗心："不，没问题。"

没想到小陈是个老好人，正因为如此，接着发生的事更令邱晴愤怒。

他们走近仙乐都，已经发觉被人盯梢，稍后两个不良少年故意上来挤推小陈，口出恶言，见小陈尴尬，又哄堂大笑："癞蛤蟆想吃天鹅肉，真要教训教训。"

言语举止却一点也不敢冲撞邱晴。

邱晴心里有点分寸。"小陈，我们走吧。"

小陈慌张地点点头。

"对面有警察，我们过马路去。"

已经来不及了，忙乱中有人伸出腿去绊小陈，又有人在他臀上加一脚，把他踢翻在地上，小陈的近视眼镜松脱，落在附近，刚摸索着去拾，被人一脚踏个粉碎，再在他脸上补一记。

一切发生得那么快，待警察奔过来，那几个熟手已经呼啸而散。

邱晴扶起小陈，他已是一鼻一嘴的血污，雪雪呼痛。

邱晴气得浑身颤抖，不明就里的人还以为她害怕。

她陪着小陈去报案敷药，搞了一个晚上，回家的时候，巷子里站着一个人，他在等她。

邱晴叉起腰，站住。

那人笑："男人若不能保护你，要来无用。"

邱晴破口大骂，自母亲和姐姐处听来的脏话全体应用。

"啧啧啧，暑假过后就升预科了，为何这样粗鲁？"

邱晴说："你一直派人跟着我，你敢这么做，我去告诉姐姐。"

麦裕杰不再嬉皮笑脸，沉下脸。"正是你姐姐叫我看着你，你别以为我多事。"

"麦裕杰，你别过分。"

麦裕杰点燃一支烟，吸一口，喷出来。"从前，还有人叫我一声杰哥。"

"从前，有人并不是这样卑鄙。"

"你姐姐不想你做这种粗工。"

"你有更好的介绍？"

麦裕杰且不理她的嘲讽："不，我没有，但我可以给你零用。"

"我不喜欢不劳而获。"

"你看《孙叔敖杀两头蛇》的故事看太多了，做人的精粹，便是在如何不劳而获。"

"麦裕杰，我想你已经变态，话不投机，多说无益。"

他笑，露出雪白的牙齿。

邱晴警告他："不要干涉我。"

"你是我的小妹，我要保护你，你同那种人看戏，灯一熄，他的手便搁上你的大腿，不相信，要以身试法？喝一杯茶，他便会跟着你回家，你不知世道多么凶险。"

邱晴指着他："你最好不要管我。"

麦裕杰冷冷地问："不然怎么样，你会去报警？"

"不要挑战我。"

她伸手推开麦裕杰，麦伸手搂住她的腰，邱晴反手给他一记耳光，满以为他会伸手来挡，他没有，"啪"一声清清脆脆，老远都听得见。

邱晴吓一跳，连忙奔进屋去。

小陈挨揍的消息在快餐店传开，大家都开始思疑，再也没有男生肯约会邱晴。

再过一些日子，领班借些小故，把邱晴开除。

邱晴并无分辩，默默取过余薪，放进口袋。

领班反而有点不好意思，他建议邱晴到便利店去找工作。

小陈受伤在家尚未上班，邱晴无须向任何人道别便静静
离开。

她直向姐姐寓所奔去。

邱雨正与一班姐妹玩牌，一见妹妹满脸怒容找上门来，
便即时解散牌局。

邱晴脸色稍霁。"我说两句就走，你们不必迁就我。"

"已经打了两日一夜，大伙都筋疲力尽，乘机收篷也好。"

室内烟雾弥漫，邱晴推开长窗透气。

邱晴许久没有在阳光底下看过姐姐，这是罕有的一次，
她的长发枯燥折断，皮肤黯然无光，褐色眼珠失去往日神采。

邱雨厌恶地用手挡住眼睛。

邱晴与姐姐到客厅坐下。

她本来发过誓不再上门，今天又来了，恰恰叫她看到姐
姐颜容憔悴。

邱晴不敢提自己那笔，只是问："你身体不好？"

"瞎说。"邱雨打个哈欠，"你有什么话快说，我就要睡了，

累得不得了。"

"姐姐，你这样日以继夜，行吗？"

"为什么不行。"邱雨讪笑，"我有钱即行。"

"这样不健康。"

邱雨笑得前仰后合，啊哈啊哈。

邱晴不理："你要注意身体。"

她替姐姐拢一拢长发，摸上去，感觉如枯草。

邱雨催道："你有什么话说？"

邱晴看着姐姐的脸，这是张没有生气的面孔，邱晴不忍多说，她低下头："快餐店开除了我。"

"谢天谢地，你要做事，还不容易，阿杰现在开地产公司，登报请人，我叫他给你经理当。"

邱晴不出声，至此她的怒意全消，只是握着邱雨瘦削的手。

女佣捧来一碗鸡汤，邱雨一口喝干，又打一个哈欠。

明明锦衣美食，却日渐凋谢。

邱雨微笑："你毕业了是不是？瞒着我，想考大学？"

邱晴不语。

"我们的新房子在装修，有一间空房，专门为你准备，希望你搬来住。"

姐姐什么都不知道，她根本不晓得发生过什么事，从前机灵聪明的邱雨到什么地方去了，抑或今日她假装糊涂？

邱雨伸一个懒腰，眼皮沉重。

邱晴只得说："我先走了。"

剩下的假期，邱晴在便利店做售货员，再也没有与任何人说过一句半句闲话。

每天下午四点钟，麦裕杰总是进来买一包香烟。

邱晴视他如陌路人，默默地招呼他，假装不认识他，麦裕杰也不多话，取过香烟即走，像是见过邱晴，已经满足。

另外一个店员问邱晴："他是什么人？"

邱晴答："我不知道。"

"他有没有约会你？"

"我不与陌生人上街。"

"他看上去英俊至极。"

"是吗？我不觉得。"

开学之后，邱晴仍然在周末回店帮忙。一日正忙着冲咖啡，有人叫她。

她抬头，看到曾易生。

邱晴有点讶异："你怎么知道我在此地？"

"朱外婆告诉我的。"他双手插在口袋里，微微地笑。

噫，莫非曹灵秀已远赴茱莉亚学院攻读。

"城寨那篇论文你已经顺利完成？"邱晴边忙边问。

"是，拿了甲级分数。"

"可打算写续篇？"

他忽然说："邱晴，过几天我们家就要离开本市。"

邱晴很镇定："旅游还是移民？"

"移民到英国伦敦。"

经理在另一边大声叫邱晴到储物室帮忙。

邱晴说："对不起，我要去做事。"

"今晚我在门口等你下班。"

邱晴点点头。

近七时左右，曾易生来了，身边却还跟着白裙子。

真像个白色的幽灵，无处不在，将来结了婚，想必跟得更贴更牢，如影随形，如附骨之疽。

邱晴厌恶地自后门溜走，她没有赴约，她觉得没有话要对曾易生说，她决不肯担任甲乙两角其中一角，轮流登场；要不，从头演到尾，吃力无所谓；要不，罢演，她是这么一个人。

　　没想到曾家干得这么好，步步高升，如今储够资格移民去做寓公。

　　终于要与这笨人道别。

　　以后的晚上，每次听见飞机升空那尖锐震耳的引擎咆吼声，邱晴便想，曾氏一家是否在这架飞机上？

三

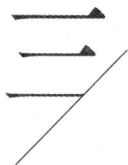

生命从来不是公平的，
得到多少，便要靠那个多少做到最好，
努力地生活下去。

秋去冬来，朱家外婆把手工业搬到天台去做，争取阳光，邱晴有时陪她。

手工业也有潮流，朱家外婆现在做的是编织夹花毛衣，酬劳非常好，同做塑胶花不可同日而语。

红色底子，织出一只只黑色的小狗，配金色纽扣，三天便织好一件。

邱晴躺在天台石板上打瞌睡。

"外婆，你有没有见过我父亲？"

"跟你讲过千百次，没人知道你生父是谁。"

"我长得可像他？"

"没有人知道。"

"真奇怪，没有父亲也会长大。"

"我父母都没有，还不是照样活到六七十岁。"

邱晴失笑，转一个身。

天台的门被推开，三个高大男子上来见人便问："谁是邱晴？"

邱晴一骨碌站起来："我。"

"请跟我们合作，接受我们问话。"他们前来展示身份证明，"我们是廉政公署职员。"

邱晴心底"哎呀"一声，来了。

朱家外婆亦站起来，红色毛线自膝间掉下，滚得老远。

邱晴带他们下去，开了门。

"你一个人住这里？"他们问得彬彬有礼。

真的不一样了，在邱晴记忆中，跟着蓝应标走的那票人，见了人习惯吆喝，根本不讲规矩礼貌。

其中一人取出一张十厘米乘十五厘米的黑白照片："请告诉我们，你可认得照片中的人。"

邱晴双眼落在照片上，相中人是蓝应标。

她已经练习过多次，很平静地答："我不认得。"

"我们有线报说他曾经时常在这里出入。"

"我不记得，也许他是我母亲的朋友，家母交游甚广。"

"令堂去世有多久？"

"快两年了。"

其中一位年纪比较轻的端张椅子坐在邱晴面前。"你肯定不认得这个人，从来没有见过他？"

"是。"邱晴一点表情也无。

"令堂过世之后他再也没有来过？"

这个问题多么狡猾，邱晴眼睛都不眨："家母去世后，这里没有招呼过客人。"

陋室空空，一目了然。

"你有没有收过外地寄来的邮包信件汇票？"

"我家在外地没有亲友。"

那年轻人温和地说："如果我们需要进一步问话，希望你协助。"

"但是我什么都不知道。"

他仍然维持那种语气："人的记忆力很奇怪，一时想不到的东西，日后也许会浮现。"

邱晴冷冷地答："许多老人家都有这个毛病。"

那年轻人讶异了。

如此陋室，住着出色的明娟，已经罕见，她居然还这样聪明。

他取出一张卡片，放在桌上。"我叫马世雄，有事的时候，请与我联络，譬如说，你忽然见到一个不应该在这一带出现的人，或是，你忽然想起一些什么，要与我们商量，都欢迎你打这个电话。"说完他站起来。

邱晴不语，随在他们身后，把他们送出去。

回来她把精致的卡片收到抽屉里。

竟有那样整洁的男人，曾易生已经非常整齐，却还有所不及。那调查员的皮肤、头发、衣着，全部一尘不染，双手伸出来，还带着药皂气味，这样的人，无疑是有点洁癖的，怪不得要从事这个行业，想必不能容许社会或任何地方藏污纳垢，邱晴想到这里笑出来。

在街上，那一组调查人员在交换意见。

"你可相信她？"

"一点都不，全九龙城的人都可以告诉你，她管蓝应标叫爹爹。"

其中一人有点纳罕，想很久才问："喝什么水才会喝出那么标致的女孩？"

有人马上讪笑："你也搬进来住吧，只可惜那口古井早已封闭，还有，先是这条巷子，上有水喉电线，下有垃圾污水，这样的特色就要了你的命。"

"但是我却相信她同蓝应标暂时已没有联络。"

"派人跟一跟她。"

邱晴很快就发觉了，有人在校门口等她，这一批人跟麦裕杰手下完全不一样。

有几次目光接触，邱晴向他们颔首，双方都有点腼腆。

星期六中午，邱晴放学，看到邱雨在车子里招她："快上车。"

"姐姐。"邱晴大大诧异，"这么早你起得来？"

邱雨笑答："我若多心，就肯定你在讽刺我。"

"你找我有事？"

邱雨心情奇佳，怔怔在阳光下打量妹妹："我来看你，好久没把你看清楚。"

自母亲去世后，邱晴少了一层牵挂，心情平和，体重也增加了。

邱雨握着妹妹的手夸奖她："漂亮多了。"

邱晴笑笑。

"对，你中学毕业怎么不告诉我，这样会使小诡计？对姐姐精刮[1]是没有用的，对男人得手腕高明才要紧呢。"她笑起来，眼尾的皱纹成行成市。

邱晴有点震惊，姐姐过来人般的口吻老气横秋，似欢场大姐教诲初入行的雏儿，似一片好心，语气却十气虚伪。

"对了，麦裕杰说，有人盯你梢是吗？"这才是正题。

邱晴点点头。"因为蓝应标的缘故。"

"你要设法甩掉这些人，不然会对阿杰有影响。"

"你放心，他们只管贪赃枉法，你的麦裕杰另有对头。"能使他顾忌，真是额外收获。

邱晴这时发觉车子尽在市区最热闹的街道上逐寸挤着前进。

"下个月我要开始上班。"邱雨说。

邱晴心头一阵欢喜："真的，你肯起来？"

"麦裕杰开了一家按摩院，答应让我坐镇。"邱雨得意扬扬。

邱晴不表示意见，若不是按摩院，就是桌球室、夜店，全都是三教九流聚集的地方。

---

[1] 精刮：形容精于算计。

只要能使邱雨振作，还不算是坏主意。

她问姐姐："你们到底什么时候结婚？"

"快了，礼服都订好了。"

"别又是虚张声势才好。"

邱雨笑，把车子慢驶，缓缓停在一座商业大厦的大门前面，她忽然下车，邱晴还来不及做出反应，麦裕杰已经蹿出，跳上司机位，把车子驶走。

邱晴真没想到姐姐手脚还这样敏捷，可惜的是她一切都听麦裕杰摆布，活像傀儡。

邱晴马上对麦裕杰说："我约了同学，请在前面停车。"

麦裕杰不睬她，自顾自讲："蓝应标就快要被引渡返港。"

邱晴问："你害怕？怕就不要霸占他地盘。"

麦裕杰忽然生气，伸出左手要打邱晴，邱晴最恨男人仗力欺人，一把抓住他的手，张口便咬，麦裕杰一阵刺痛，连忙缩手。

他一向要在邱晴面前表露他较善良的一面，当下忍气吞声："你有没有想过我也是为大家好？"

邱晴不顾三七二十一推开车门："停车，我要下去。"

"我迁就得你够了！"

麦裕杰拉上车门，扯出安全带，紧紧缚住邱晴，一踩油门，将车子加速，就往郊外驶去。"你不怕死就跳出去，远离我们好了，速速飞上枝头，再也不要回头，有本事就不要吃里爬外。"

高速使邱晴害怕，麦裕杰的话也使她震惊。对，说什么她还是他们的一丘之貉，她的生活由他们负担，食君之禄，担君之忧。

车子在郊外咖啡店停下来。

邱晴说："学校不让我们穿着校服到处走。"

麦裕杰看她一眼。"在我面前，你不用自卑。"

邱晴一怔，冷笑一声："我，自卑？"

"当然，蓄意出淤泥而不染，故意同我们分别为圣，处处表现你是穿校服的知识分子，可惜即使如此，曾易生也没有选择你，于是你变本加厉，把一口怒气出在我身上，可是这样？"

"麦裕杰你含血喷人。"声音渐渐低下去，邱晴发呆，是吗，潜意识内，她真的如此糟糕？

她用手捂着面孔，麦裕杰的手碰到她肩膀上，她只是疲倦地说："不要理我。"

"你又不是真的喜欢曾易生，你只是向往他的世界。"

她推开车门。"现在我又想喝这杯咖啡了。"

麦裕杰说："你要的一切，我都可以给你。"

邱晴微笑。"姐姐怎么办？"

"她无须知道。"

"你有什么好办法？"

"我可以租房子让你搬出来，或是即时送你去外国读书，你已经长大，应该明白，金钱面前，人人平等，你资质至少不比曾易生或曹灵秀差。"

邱晴不语。

"何用矛盾？比起邱雨，你有更大的虚荣心，只有我了解你，也只有我可以满足你。"

"胡说。"邱晴答，"如果我要你那种钱，哪里都可以赚到。"

麦裕杰讽刺她："啊，你要花洗过的钱，干净的钱，多么大的野心。"

"麦裕杰，对你我只有一个要求。"

"请说。"

"对我姐姐好一点，她现在没有其他朋友。"

"怎么没有。"麦裕杰笑了，做一个吸烟的姿势。

"是你领着她往这条路走！"邱晴咬牙切齿。

"绝对没有！你不能把所有的过错推诿到我身上。"麦裕杰也发怒，"你知道这很不公平。"

"你不给她，她无法找得到。"

"错！"麦裕杰冷笑，"你太低估她！她逐条街巡都找得到，届时她会变成什么？"

邱晴打一个冷战。

"你最好劝劝她，再过些日子，半人半鬼，哪里都不用去，届时怕你不肯承认她是你姐姐。"

邱晴浑身爬起鸡皮疙瘩来。

"对了。"他掏出一张纸，"这是你兄弟的地址，有空不妨去找找他。"

邱晴一时不知麦裕杰是忠是奸，闭上双眼叹口气。

"来，我送你出市区。"

他要拉她的手，她不肯，缩开。

"你还存有芥蒂？女人要多少有多少，我不会强人所难，你可以给我放心。"他语气中充满揶揄之意。

邱晴装听不出来。

走到门口，邱晴看见一个熟人，正靠着小房车吃冰激凌，见到邱晴，微微一笑。

神通广大，竟跟到这里来。

麦裕杰也认出那人身份，低声咒骂："早几年，他敢来惹我，打断他狗腿。"

那人竟缓缓迎上来，向邱晴点点头，开口问道："邱晴小姐，你没有麻烦吧？"

他正眼都没有看麦裕杰。

连邱晴都困惑了，他们办事作风何等独特。

那人说下去："我今天放假，约朋友来喝茶，没想到碰到邱小姐。"

果然，那边有一双男女向他招手。

"要不要我们载你一程？"他客气地问。

邱晴很礼貌地答："马先生不用费心。"她当然记得他。

回到家，她把麦裕杰给的地址贴在墙上。

朱家外婆一见到就知道是谁："贡心伟，你兄弟？"

邱晴只希望她将来老了，也有朱家外婆这般机灵。

"这是你最亲的亲人。"

"我有邱雨。"

"她与你同母异父。"

"感觉上贡心伟是个陌生人。"

"你不去找他，我并不反对。"

邱晴笑："试想，多么可怕，二十年平安无事地过去了，忽然之间，某日某时，有人走到你面前说：'我是你亲生妹子。'不吓坏才怪。"

朱家外婆不出声。

邱晴说："我知道你想什么，外婆，可是我的底子太见不得人？"

老人很坦白地回答："不是你，是你家。"

邱晴仍然微笑。"已经预见不受欢迎，又何必自讨没趣。"

朱家外婆看着贡心伟三个字，忽然预言："你与他，将来会见面的。"

邱晴把身子趋向前去。"外婆，你还看到什么？"

他们说年纪大心头灵的老人可以看通未来，去到十分缥缈的境界，邱晴相信朱家外婆有这样的目光。

"你想到哪里去了，我不过以事论事，以你这样倔强的性格，当然不会现在就前去相认，但是你母亲吩咐过你的事，你却一定会做到，所以说将来会见面。"

邱晴泄气，原来是这样。

"你姐姐可好？"

"邱雨她老样子。"

"我一连三夜做梦看见她。"

邱晴微笑："外婆你牵记邱雨。"

朱家外婆欲语还休，她在梦中见到的邱雨只得八九岁模样，头发乌亮，双眼黑白分明，见到她便说："我要走了外婆，你自己保重。"每夜她都惊醒，她不敢把这梦告诉邱晴。

按摩院是个闲杂的地方，邱晴一直没有上去看过。

邱雨要妹妹剪彩，邱晴本来不肯答应，一转念，倒不是为着表示她并不自卑，而是怕姐姐失望，便答应下来。

邱雨果然非常高兴，以老板娘姿态出现，穿件大红衣裳，招呼前来集会的兄弟姐妹。邱晴的衣服也是姐姐挑选的，略素，不能抢女主人镜头，却极之配衬体形身段。

邱晴与姐姐拿起金剪刀把缎带剪断，才看见麦裕杰远远地站在一角看她。

这人不知几时才肯做她正式的姐夫。

邱雨给妹妹一杯颜色鲜艳没有太多橘子味的果汁，便走开与姐妹淘去参观各种设备。

麦裕杰走过来。"不穿校服，没约同学。"

在他眼中，今日的邱晴，就是昨日的邱雨，邱晴也知道他对她有特殊感情。

"你很少穿有颜色的衣服。"

邱晴淡淡地说："哪里有时间打扮。"

"你不想有人注意你，为什么？女性没有不想突出自身吸引异性目光的，你太特别了。"

邱晴忍不住莞尔，麦裕杰并不是一个细心的人，但这两三年来，他翻来覆去研究准小姨子的心理状况，几乎可以成为专家。

邱晴放下果汁杯子，挤进里边向姐姐告辞。

走到楼下，抬头一看，才见到招牌上深紫色塑胶字写着小芸俱乐部，原来邱雨不忘纪念母亲。

按摩院开了不足三个月，被对家上去捣乱，凡是能敲烂的家私通通打破，就差没放把火烧个干净。

邱雨不服输，一定要叫人来重新装修，一定要复业，态度强悍霸道，闹半天，忽然乏力，倒在沙发上喘气，她的世界就这么一点点大，所以有风更加要驶帆。

邱晴劝她："姐姐，姐姐！不要这样。"

邱雨用手掩着面孔，忽然说出实情："麦裕杰，他不要我了。"

邱晴一呆。"他不敢！"

"他要离开我，他同我说，叫我开出条件来，他说他心里早就有了别人。"

"我不相信。"邱晴安抚姐姐，"他喝醉了，你们俩到底有几许清醒的时刻，他不会离开你。"

邱雨忽然嘿嘿地笑了。"你猜猜，他心里有了谁？"

"他离不了你。"邱晴别转头去。

"我也这样同他说，你看他这些年来风调雨顺，人人都说是因为我的缘故。"她拉住邱晴的手，眼光中带着恳求哀怨的神色，"他现在到底有了谁呢？"

还没有得到妹妹的回答，她先歇斯底里地哭泣起来，过半晌又抬起头问邱晴："如果麦裕杰走了，我活着好，还是死了好？"

邱晴把姐姐搂得紧紧。"别胡思乱想。"

"他是认真的，即使我不答应，他一样要搬出去，他已经很少回来，可是他说要正式与我分手。"邱雨疑惑起来，瘦削憔悴的脸更加不堪，"他到底有了谁，我必不放过她！"

那天从姐姐的家出来，邱晴比往日更加疲倦。

手上刚巧是一大沓发下来的新讲义，邱晴忽然叹一口气，随手把讲义摔出去，一张张纸如鸢子般飞向半空。

有人自她身后走出去，一张一张接住，接不到的亦俯身拾起。

那人微笑道："生那么大的气？"

邱晴转过头去，没想到会碰见马世雄，倒是一个意外。

"你住在这里？"她脱口问。

"我约了新同事在这里等，真巧是不是。"他把讲义交还。

邱晴想起不便与他说太多闲话，连忙噤声。

马世雄闲闲地说："你或许有兴趣知道，你不日可以再见到蓝应标。"

邱晴不动声色。

"这两天他会被解回本市。"

邱晴假装等车，面无表情。

"你别误会，邱小姐，我不是探你口风，我只不过把事实告诉你。"

邱晴正想过马路避开他，他要等的人却来了，一照脸，邱晴呆住，这就是马君的新同事？这明明是已经移民的曾易生。

曾易生看到邱晴，神情有点狼狈。

只有马世雄胸有成竹，他说："让我替你们介绍，这位是曾君。"

邱晴瞪着曾易生，一脸疑窦，误会加深。

"小曾本来要随父母移民，"马君含笑解释，"为着学音乐的女朋友留下来，是不是？"

邱晴马上明白了。

马世雄把一只公事包交给新伙计。"今夜轮到你当更，小心。"

他朝他们笑，跳上计程车离去。

邱晴质问曾易生："你竟到那种机关做事？"

曾易生苦笑。

"难怪他们上天入地，无所不知，你打算怎么样，卖友求荣？"

"你的事，邱晴，我一概不知道。"

"你不知道行吗？你在城寨长大。"

"所以这些日子我一直没有找你。"

"不，你没有找我是其他原因。"邱晴还一直等航空信。

"我知道你不会相信我。"

邱晴厌恶地瞪视他，然后一言不发地离开。

自此要集中精神是更难了。

邱晴真想放下功课，跑到姐姐家中，大喊一声"我来了"，换上最名贵的衣服，摆出一副出来跑的样子，帮姐姐打理生意，天天舒舒服服地过日子。

虽然不是那块料子，学学也就会了。

她还小的时候，邱雨就来来往往跑东南亚，每次都跟旅行团，自有人替她报名，出发前一个晚上，总有人送东西来，邱雨从来不紧张，邱晴光是旁观，已经汗流浃背。

姐姐从来没有出过事。

每一次出去，邱晴都以为她不会回来，但每次她都侥幸地笑嘻嘻返家，扬言说："我不让人看出来，人家就看不出来。"

邱晴时常做噩梦，看见姐姐手铐足镣。

邱晴怕姐姐叫她走东南亚。

小学时作文课最普通的题目叫"我的家庭"，邱晴无从下笔，结果她写了一篇虚构的小说。

我的爸爸是教师，妈妈是一名家庭主妇，有一个姐姐，比我大五岁，正在念中学。可见邱晴也不是一个有野心的人，她的要求并不高。

作文拿了八十分，算是好成绩，偶然被姐姐看到，笑得花枝乱颤，笑得咳嗽，笑得腰都直不起来，笑得打跌。

作文传到母亲手中，她冷笑一声："教书匠有什么稀罕。"接着教训女儿，"无论什么职业，能养活人就好。"

真令邱晴气馁。

令她敬爱的朱家外婆都做着见不得光的工作，渐渐地邱晴知道了，她固然把小生命接到世上来，很多时候，也是他们的克星。

年轻的妇女迟疑地找上来，有时拍错邱家的门，全部有一式一样失败的脸，麻木的目光，嘴唇颤抖着，邱晴好几次开门看到她们，也不用开口，只消向走廊左边努嘴，她们便会领会。

却没有人哭过，眼泪在这里是相当奢侈的东西，邱晴在走廊上遇见过比她更年轻的女孩子，都没有流泪。

朱家外婆终年供奉某几个菩萨，她有一次说笑："终于无可避免还是要落地狱的吧。"并不十分介意的样子。

只有邱晴一个人为此颤抖。

麦裕杰第一次由邱雨带回家，还同母亲大吵一顿，他刚出来，无处可去，只能半人半兽似的蹲在角落听邱家母女龃龉，邱晴是这样替他难过，以至她摊开手，给他一粒水果糖。

麦裕杰双目精光陡现，他缓缓伸手取过那粒在小女孩手心中已经半溶半糯的糖，放进嘴里。

他仿佛得到新的力气，重新站起来，这个时候，邱雨自房内出来，告诉他，他可以在邱家住三天。

这三天已经足够他联络以前的交通网。

以后，直至今日，邱晴都注意到麦裕杰时常买那个牌子的水果糖吃，一大瓶一大瓶放在案头。

可能他也忘了糖是在什么时候吃上瘾的，他就是需要它。

邱晴把脸埋在案上，太多回忆，她不敢参加姐姐一组，就得继续读书。

也许她并不是那么有志向，她只想拖得一时是一时。

麦裕杰听到小邱晴叫他杰哥的时候，轻轻地说："将来还会有许多人叫我大哥。"

十二岁到十五岁一段时间，邱晴几乎没崇拜他，只有朱家外婆说："这男孩子对你姐姐是一个劫数。"

一晃眼他们在一起这么久了。

邱雨还有其他的男朋友，让麦裕杰知道了，只是对邱晴说："若不是为了你，我早已与你姐姐分手。"

不知道为什么，在这个烦躁的夜晚，一切往事纷沓而至。

邱晴捧着头，太阳穴痛得弹跳，她起来找药，忽然像是听见姐姐说："来，吸一口，快活赛神仙。"

她爱的人她不尊重，她尊重的人不爱她。

母亲跳舞时候用的音乐像弄蛇人吹的笛子声，扭扭捏捏，妖冶万分，邱晴以为她早已忘记，但是没有，今夜笛子声在她脑中盘旋不去。

她用手捧起冰水敷面。

这又是一个炎热的晚上，街道静寂得一丝声响都没有。邱晴轻轻坐下来，她左脸颊的一小块肌肉不停地颤抖跳动，她仿佛有预兆，什么事要发生了，不是她愿意看到的事，整个晚上都心神不宁，恐怕就是因为不吉祥的感觉。

她听到楼梯有脚步声，耳畔"嗡"的一声，心沉下去。

来了。

邱晴缓缓转过头去。

一阵急促的拍门声。

邱晴连忙打开门，看到姐姐的身体一骨碌滚进来，倒在地上。

当然是因为姐姐，世上再也没有其他人可以令邱晴心惊胆战。

她扶起邱雨，开头以为她喝醉了，触鼻的却是一阵腥气。邱雨穿着红色的衣裳，她的手掩在腹部，邱晴瞪大眼睛，看到她指缝间有液体汩汩涌出来。

一时间邱晴的脑袋完全空白，不晓得这是什么，她张大嘴，恐惧地看着姐姐。

邱雨犹想说话，嚅动嘴唇。

邱晴拨开她的手，看到她腹部有一个乌溜溜的小洞，液体自洞口冒泡涌出，这是血，邱晴忽然明白了，血。

这是子弹孔，邱雨中了枪。

邱晴顶梁骨里走了真魂，浑身寒毛竖立，她不知邱雨如何能支撑着回到家里。

她紧紧搂住姐姐，嘴巴附在她耳边："我去召警，马上送你进医院。"

邱晴低下头，邱雨正伸出手来拉她。"不要。"她微弱地说，"不要让他们把我带走，这是我的家。"

邱晴急痛攻心："谁，谁伤害你？"

邱雨嘘出一口气，像是在微笑。

"麦裕杰在哪里，他为什么不保护你？"

她已经听不到。"我说过照顾你就照顾你。"

"姐姐，姐姐。"

"我十分疲倦。"邱雨喃喃地说，"握住我的手。"

邱晴整个人伏在姐姐身上。"不要离开我，不要离开我。"

邱晴呜咽着抱紧姐姐，从未有过这般无助，隔一些时候，她听见轻轻的"噗"的一声，邱雨不再动弹。

邱晴缓缓坐起来，握着姐姐的手。

邱雨的脸微微后拗，小小面庞异常洁白，双目半开半闭，像是看到什么令她欢喜的事物，她仿佛只得十岁八岁模样。

这时候，有人轻轻推开门，走进屋来，是朱家外婆，她很镇定很温柔地说："啊，邱雨回来了。"

是朱家外婆的主意。

她替邱雨穿上新娘礼服，大红绣金盘花，因为"邱雨一直想结婚"。

麦裕杰走进灵堂，邱晴硬要推他出去，争执不下，朱家外婆缓缓走过来，指着他说："让他站在这里。"老人的权威受到尊重，邱晴退到一边。

麦裕杰脸容憔悴，双目布满血丝，邱晴别转面孔，不去看他。

席中只有两位客人。

曾易生与他的师傅马世雄。

邱雨一向喜欢热闹，今日她要失望了。邱晴记得她有许多许多朋友，搓起牌来可以开三四桌日夜不停，有人退出，马上有人接上，今日这些人全部没有来。

邱晴已经忘记几许日夜她没有合上眼睛，样子看上去大概不会比麦裕杰好多少。

终于，外人都走了，只剩下她与麦裕杰。

朱家外婆坐在他们当中。

她轻轻地说："我听人讲，那夜有人持械上按摩院寻仇，邱雨硬是扑出来替你挡了一枪。"

麦裕杰浑身震动。

"不然的话，躺在这里的就是你了。"

他不语，完全认罪。

"我又听说，在这之前，你要与她分手，她也已经答应，没想到临走之时，还要再救你一次，麦裕杰，她待你真正不薄。"

麦裕杰面孔痉挛，年轻的他在刹那忽然想起第一次在舞场见到邱雨的情形，那奇异的一夜叫他永世不忘。

他上小舞厅去找旧时手足，正坐着在等，有一大帮提照相机的人簇拥着一名女子上来，扰攘半晌，原来是新闻记者采访被前任男友淋硝酸的舞女。那无胆匪徒手颤颤洒上药水，只有几滴淋在女方手臂上，那年轻的女子正泼辣地、生猛地形容她如何以第一时间通知警察来抓了人走，同时伸长手臂，展览给众人参观。

硝酸腐蚀过的地方有几点红斑，在雪白的肌肤上看去似溅出来的胭脂，一点不觉可怕。

在这个时候，那女子忽然抬起眼睛，看到了躲在角落里的麦裕杰。

一年后她才这样形容："舞厅一角怎么会蹲着一头狼！"

他们是这样认识的。

女子手臂上的红斑还没有痊愈，他俩已经知道会长时期在一起生活。

麦裕杰的双目更红，面孔扭曲，只是说不出话来。

朱家外婆对他说："现在邱晴没有亲人了。"

原来是为她说话，邱晴冷冷地答："我还有同胞兄弟，我不需要这个人怜悯。"

朱家外婆看着她:"这人是你的姐夫,他会照顾你。"

"我不需要他,或是他的世界,看我的姐姐就知道在他身上可以得到什么。"

麦裕杰张开嘴想说话。

邱晴指着他:"不准你说一个字辱及我姐姐,今夜你没有发言权。"

地板擦过又擦,棕色油漆早已剥脱,露出木料原色,本来藏着污垢,看不出来,邱晴拣有血迹的地方特别用力,洗得发白。

事后才发觉洗出一个模糊的人形来,邱雨像是永远躺在那里。

深夜邱晴醒来,有时仿佛可以听到几个人的呼吸声,她反而觉得十分有安全感,拥着被褥听一会儿,再度入睡。

曾易生来探访她,一开口便说:"今天我休假。"

此地无银三百两。

邱晴呆呆地看着他,已经没有力气挣扎,她只是轻轻问:"有何贵干?"

"我路过这里,顺道看看你。"

"很少有人路过城寨。"邱晴出奇地温和。

他们在天台坐下。

秋天了，空气略见清爽。

曾易生说："这个夏季又长又苦。"

他讲得再正确没有。

曾易生忽然说："城寨内无罂粟种植，无烟土生产，都自
外边运进来，地方本是干净的地方，不应对它有任何偏见。"

邱晴把手臂抱在胸前，有点感谢他为她的出生地说话。

"这个夏季，你不知道瘦了多少。"

邱晴不语。

"我知道你已念完预科，可愿意接受我介绍工作？"

邱晴的心一动。

"抑或你还有其他计划？"

"我打算找我兄弟。"邱晴不由得向他透露心事。

曾易生一愣，他不知她还有亲人，只得不露声色，要彻
底了解这个女孩子，谈何容易。

邱晴轻轻说："姐姐离开之后，我才明白要把握时间。"

"你若需要帮忙，应该知道到何处找我。"

"谢谢你。"

"不客气。"

隔数日，邱晴照着地址找上门去。

那天她穿着小小白色外套，长发编成一条辫子，藏青色裙子，外表与一般女学生无异。

大厦司阍[1]并没有注意她，邱晴顺利找到十六楼甲座，便伸手按铃。

半晌，才有穿制服的女佣启门，和气地问找谁。

"贡心伟。"邱晴说。

"他到图书馆去了。"

邱晴刚想告辞，那女佣又说："请进来等一会儿，他说过回来吃中饭。"

邱晴点点头。

女佣把门打开，邱晴眼前马上一亮。

竟有这样好风水的住宅，邱晴暗暗赞叹。宽敞的客厅接着一个大露台，栏杆外边便是维多利亚港与九龙半岛全景，同哺士卡[2]上看到的香港一模一样。

邱晴缓缓坐下。

---

[1] 司阍：看门的人。
[2] 哺士卡：明信片。

没想到哥哥在这般美好的环境里长大。

女佣给邱晴斟出一杯茶，捧一沓杂志放她面前，让她舒服地等候。

生命从来不是公平的，得到多少，便要靠那个多少做到最好，努力地生活下去，邱晴最明白这个道理。

环顾室内家私简洁素净，一尘不染，玻璃茶几晶光雪亮，静寂一片，气氛祥和舒适。

邱晴忍不住想，假如姐姐与她也在这里长大，会是什么样子。

她渴望见到贡心伟，他可以解答她的疑团。

本来等人是最吃力的一件事，但邱晴窝在沙发里，却非常自在。

偌大的公寓里好像没有人，她要坐多久，便坐多久。

茶几上有一份未经打开的报纸，头条新闻用红字印着："亿万探长引渡途中潜逃"。

邱晴的目光被吸引过去，刚欲细读，背后传来一声咳嗽。

邱晴转过头去，看到一位中年妇女微微笑看着她。

邱晴连忙站起来。"贡伯母，你好。"这想必是女主人了，"我叫邱晴。"

果然猜得不错。"你也好，可是心伟迟到？"她走过来坐下。

"没有。"邱晴答，"是我路过，上来问他借书。"

"哪一本，我替你拿。"贡伯母像是颇喜欢她。

"不用了，下次吧。"邱晴想告辞。

"你是他同学吧，心伟他也该回来了。"

贡伯母穿件舒适的洋服，五官端庄，态度舒泰。

邱晴很喜欢她，心伟有这样的母亲真幸运。

她满意了，站起来说："伯母，我下次再来。"

"邱小姐，吃过点心再走。"

"不客气，我还有点事。"

贡太太把邱晴送出门口。

到了楼下，甫松一口气，迎面走来一位神清气爽的少年人，穿白衣白裤校服，衬衫口袋上绣着名校的标志。

他看到有人注视他，亦抬起头来，是一名标致的少女，这些日子来他已习惯异性的注目礼，只是微微笑一笑。

但慢着，她的眼睛——少女眼中有一种无限依恋的意味，在什么地方见过呢？贡心伟忍不住多看她一眼。

邱晴的嘴唇嚅动一下，她知道她终于见到贡心伟，心里十分激动，匆匆掉头而去。

男孩子需要比较好的环境栽培才能有机会出人头地，不比女孩，随便哪个角落，蜷缩着吃些残羹冷饭，也能成长，不过最好还是要长得美。

到了车站，邱晴还在兴奋，半晌才记起，他们之间并没有交换过只言片语。

晚上她对朱家外婆说："他不知道有多英俊，一定有不少女同学追求他。"

朱家外婆点点头："崇拜完你姐姐，该轮到你哥哥了。"

邱晴冷下来，姐姐最令她伤心。

"麦裕杰给你带来邱雨的遗物。"

"我不要见他。"

"他已经走了。"

外婆把一只饼干盒子推向她。

"只有这些？"

"衣服没有用，他已经做主丢掉。"

邱晴把盒子打开来。里面装着一些金银首饰，式样粗糙低俗，有一枚心形钻戒约白豆般大小，算是最登样的一件。

朱家外婆取出一条细细的项链。"这你可以戴在身上做纪念，我见邱雨戴过。"

邱晴点点头，把项链系在颈上，小小一个坠子，上面有花好月圆字样，邱晴凄凉地笑了。

姐姐得到的真不算多，半罐头的破铜烂铁作为玩具，已经乐滋滋地度过一生。

"你看这个。"朱家外婆指一指。垫底是一张照片，哎呀，是她们母女三人的合照，母亲丰满的膀臂一边搂着一个女儿，邱雨穿红色抢尽镜头，邱晴穿白衬衫同现在一样沉着。

"她怎么会有这张照片，我都忘了，这也许是我们母女唯一的合照。"

有两个已经不在世上，邱晴默然哀悼，她不知几时会追随她们的道路，夜阑人静，总好似听见有人低声叫她，她也弄不懂是不是心理作用。

邱晴把照片贴在脸旁温存。

"还有这个。"朱家外婆说。

是卷着的一沓钞票，用橡皮筋扎着。

"收下它吧，不要与它作对。"

"我已经可以出外找工作。"

"置衣裳吃中饭都得靠它。"

真的，发薪水要挨到月底，邱晴志短。

"有人来找过你。"

"我知道，是那位马先生。"

"他们全不适合你。"

"外婆，世上到底有无对我们好的男子？"

外婆答得好："我不知道，我从来没有嫁过人。"

过两日，邱晴自图书馆出来，惯性到对面马路流动小贩处买冰激凌吃。

刚付钞票，那小贩忽然说："邱小姐，标叔说，他十分感激你什么都没有讲。"

邱晴一听，马上说："这杯冰激凌不是巧克力，烦你换一换。"

小贩一边换一边说："他这一两日就要乘船偷渡出去，叫你当心，就这么两句话。"

"替我问候他。"

邱晴拿着冰激凌走开，步行到海边石凳坐下来，这些都是她生命中的男子。

三个月内邱晴转过四份工作，最新一份是花店售货员，女老板非常年轻貌美能干，动辄杏眼圆睁，指着伙计问："你是不是白痴？"

邱晴觉得没有前途。

她想起她看过的一本言情小说，女主角是欢场出身，她这样形容她的生涯："在一段很短的时间内，女郎们吃得好穿得好，同时亦有欢乐的时候。流泪？当然也流泪，但那不算，女人的生涯，与眼泪分不开。"

真的，做花店售货员一样要落泪，邱晴忽然明白姐姐的意愿。

邱雨常眯着眼，同妹妹说道理："生年不满百，常怀千岁忧，干什么，你看我，快活似神仙。"

麦裕杰叫她走，她终于走了，却走得叫他一辈子也忘不了她。

邱晴终于拨电话给麦裕杰。

经过好几个人的通报，她终于听到他的声音，她简单地说："我升学需要费用。"

她很怕他会多话，但是没有，他更简洁地回答："我今晚派人送到你家来。"他先挂断电话。

邱晴并没有怅然若失。

她有许多事要办，先要到理工学院去巩固她的学位，接着去购书部选文房用品，买两套新衣服，一双新球鞋，经过百货公司化妆品摊位，她还挑了一盒胭脂。

社会的风气转变了。

适才填写资料时有一位念理科的女同学坐在她身边，看到她在地址项下写九龙城寨西城路，就随意说："多么有趣的地区，你住在城寨？"

邱晴一点不介意她这么说，终于人们不再把这个地区当作一个疮疤，忌讳着故意不提。

那女孩接着说："我住美孚新屯，一个沉闷不堪的地方。"

邱晴笑。

那女孩又说："我喜欢你的笑容，与众不同。"

邱晴也希望所有的同学都像她。

"邱晴。"

邱晴捧着书抬起头，看见曾易生站在她面前。

"恭喜你今天入学。"他走过来说。

邱晴调侃他："多么巧，在校园都能见到你。"

"理工是我母校，我也自管理科毕业，小师妹，祝你学业顺利。"

"呵。"邱晴说，"以后请你多多指教。"

他忽然改变话题："我们知道你与蓝应标接触过。"

邱晴不想得罪他。"那是毫无根据的猜测，我早已告诉你我不认识你说的那个人，听说，贵署经常收到市民的骚扰投诉。"

他沉默一会儿。"对不起，我本欲闲谈几句。"

邱晴责问他："这算是闲谈的题目吗？"

他站在一边不出声，双手插在口袋里。

邱晴起了疑心，她看着他："如果我没有猜错，你若不是办事，便是想约会我。"

曾易生神情尴尬。

邱晴继续揶揄他，看着他说："可惜，你太了解我了，我们只可以做普通朋友。"

她把他扔在一角离去。

晚上麦裕杰派人送来一张本票，一言半语也没有啰唆她，邱晴自嘲有办法。

要是让别人晓得，一定会有人这样说：真正了不起，黑白两路上的朋友都有。

他们不约而同密切地注意她。

邱晴一向自有主意，她进一步联络贡心伟。

这次她先用电话联络。

"心伟。"她的语气亲切但不过分，"记得我吗？我叫邱晴。"

"对。"那边好似一直在等她的消息，"家母与我说过，几个月前你曾经到过舍下，碰巧我不在，你又没留下电话地址。"

"心伟，我有话同你说。"

"可是我并不认识你，我没有姓邱的同学。"

"我能再到府上来吗？我喜欢你家，坐着真舒服。"

贡心伟笑了，一定是哪个同学恶作剧。"明天下午你可有课？我取消打球，在家等你。"

"我三点整上来。"

朱家外婆听说这个计划，问道："这一次，你该同他说清楚了吧？"

邱晴点点头："这次我会把握机会。"

"你要有准备，也许他会意外，他会抗拒。"

"他不会这样幼稚。"

"你还是当心的好。"

这次到贡家，贡心伟在门口等她。

"欢迎你，邱晴，我猜想今天你会把闷葫芦打开。"

邱晴喜欢他那不带一丝阴影的笑容，希望这件事不会影响他。

"请坐。"

邱晴说："我见过伯母，她真是和善。"

"我的父母是最好的父母。"贡心伟笑。

邱晴忽然说："家母也很爱我。"

"那当然。"贡心伟拍一下手掌，"邱晴，快告诉我，我们到底在什么地方见过？"

邱晴笑一笑，刚要开口，门铃尖锐地响起来。

贡心伟诧异地抬起头，他并没有约其他人。

大门打开，一个女孩子走进来，推开用人，看见贡心伟便质问："为什么没空打网球？"

那平板稚嫩的声音好熟悉，邱晴抬起头来，看到曹灵秀。

她怎么会在这里出现？邱晴大奇，她亦是贡家的朋友？

曹灵秀也看见角落里坐着客人，但是她没有把邱晴认出来，她忙着与贡心伟讲道理："你借故推我好几次，心伟，我要求一个合理解释。"

邱晴在一边讶异得张大眼睛，不相信有这样幼稚的头脑。

合理的解释？一定有，邱晴肯定聪明的贡心伟有三百套分门别类的好解释，但是，所有的解释不过是虚伪的借口，听来何益？

失约，不外是不重视这个约会，何用解释。

果然，贡心伟咳嗽一声，很为难地说："我约了同学讲功课。"

"我们有约在先。"

贡心伟说："这个约会并非由我发起。"

"我是为了你才去的。"

邱晴马上明白了。

曹灵秀追求贡心伟。

可怜的曾易生，他为女友搁置移民留下来，女友却属意别人。

邱晴并没有幸灾乐祸的感觉，她低下头。

曹灵秀的声音尖起来："心伟，我为你放弃茱莉亚的课程，你是知道的。"

邱晴吓一跳，连忙走到露台去，躲避这一场争吵。

她对整件事有了轮廓，曾易生为曹灵秀牺牲，曹灵秀又为贡心伟牺牲，结果最后的胜利者贡心伟一点也不觉得是种享受。

他不喜欢曹灵秀。

露台外的风景美丽如画，邱晴靠着栏杆，面孔迎着清风，轻轻吟道："生年不满百，常怀千岁忧。"

今天又来得不是时候，她打算告辞，改天再来。

她回转客厅，听到曹灵秀正在哭泣。她仍穿着白裙子，但似乎已经染上一点灰色，许是邱晴的偏见，她轻轻过去开启大门。

"邱晴。"贡心伟不慌不忙地上来拦住她，"我送你下去，今天真的抱歉。"

邱晴看他一眼。"这些女子会累坏你。"

"不是我的错。"

"你笑得太多。"

"邱晴，为什么我对你有一种难以言喻的亲切感？"

"下次，下次我告诉你。"邱晴嘘出一口气。

"你得留下地址。"

"我在理工管理科第一年。"

"好，我来找你。"

"还不快回去解释一切？"

贡心伟笑着回家去。

邱晴下得楼来，看到大理石铺的大堂中有一个人来回焦急踱步。

邱晴不相信她的眼睛，那热锅上的蚂蚁竟是曾易生。

曾易生看到她，一呆，站住："是你，邱晴？"

邱晴笑："正是，我们都来了。"

曾易生听她那口气，好像完全知道发生过什么，不由得起了疑心。

由他开车送了曹灵秀同贡心伟谈判，真正匪夷所思，邱晴庆幸城寨里从来没有这样的烂账，他们的作风恩怨分明。

邱晴叹口气："好好地等吧。"她扬长而去。

她听到曾易生一直在身后叫她。

忽然之间，那条白裙子不再骚扰邱晴，她战胜了它，从此可以抬头面对它。

四

黑与白之间，
存在数千个深深浅浅的灰色。

贡心伟来找她的时候，也看到有趣的一幕，以至他笑道："噫，你也很不赖呀。"

　　邱晴异常尴尬，她自问不是这样的人。

　　但是一个机械工程科的男生偏偏挑同一时间来接她放学，她站在白色开篷车边解释、摇头、摆手的情形通通被贡心伟看在眼内，才转头，麦裕杰那边又派人来找她，邱晴犹疑，她找他的时候，他没有推辞，他要找她，她就得出现，这是江湖守则。

　　邱晴好不容易打发了二人，转头看见贡心伟，他同她眨眨眼。

　　"你误会了。"她说。

　　贡心伟说："今日我左眼跳个不停，想必有什么要紧的事发生，来，找个地方坐下喝杯酒压惊。"

他生性活泼，不拘小节，邱晴真正喜欢他。

他说："这一带我很熟，贵校出色女生很多。"暗示他时常在此接送漂亮女孩子。

邱晴忍不住说："你看上去快活极了。"

"有什么事值得愁眉苦脸？"他反问，"这张桌子近天窗，我们坐这里可以看见长堤上的情侣。"

邱晴笑："看与被看，是本市游戏之一。"

贡心伟问："你到底是谁，有什么话同我说，为何我与你一见如故？"

邱晴没头没脑地说："这件事，许还有商榷的余地，你可能要调查清楚才会相信。"

贡心伟笑："不用调查我都相信我是本年度最受欢迎的男士。"

邱晴清晰地说："不，贡心伟，我是你失散多年的妹妹，现在回来找你。"

贡心伟呆住，握住啤酒杯子的手微微颤抖，他凝视邱晴。

他问："这是谁的恶作剧？"

邱晴有点担心："你受得了吗，要不要我马上走？"

"不。"他抬起头来，"请把详情告诉我。"

"我一点证据都没有。"邱晴抱歉，"我也是听人说的。"

"你的面孔即是最佳证明，难怪我一直觉得在哪里见过你。"

"我们相似？"

"随便问任何人。"

"你愿意接受这件事？"

贡心伟不出声，一口喝干啤酒。

他说："贡家从来没有瞒过我，我一直知道自己是领养儿。"

呵，邱晴嘘出一口气，那她还不算是罪人。

"但是我从来不知道我有姐妹，这些年来，你在何处？"

"在某处生活。"

贡心伟似有困难，过半晌他说："你讲得对，我一时接受不了，请让我一个人在这里冷静片刻。"

"贡心伟，我想你知道，我毫无企图，唯一目的，不过想与你见面相认。"

"我相信你。"

邱晴站起来，让他坐在角落里发呆。

她缓缓在长堤上散步，一直往家的方向走去。

　　幼时与姐姐吵架，也试过离家出走，身边零钱花光了，试过一直走回家去，身子又热又脏又累，可是双脚不停走，终于挨到家门，犹自不甘心，先到朱家外婆处喝口水吃块饼干冷静下来才敲门。

　　可怜复可笑的是，根本没有人发觉她曾经离家出走。

　　渐渐发觉出走无用，稍后朱家外婆又斥资搭了天台，那处便变成了她的避难所。

　　一待好几个钟头，连麦裕杰都知道她有这个习惯，要找她，便上天台。

　　他会轻轻地问："姐姐又打你？"

　　邱雨的性子犹如一块爆炭，不顾三七二十一，一定先拿邱晴出气，不为什么，因为她永远在身边，后来邱晴摸熟姐姐脾气，不驳嘴不闪避，站定给她打，反而三两下就使她消气，越躲越是激起她怒火，划不来。

　　那是很多年前的事了。

　　邱晴扬手叫车子。

　　她又一次走上天台，坐在墙角，朱家外婆晾了衣裳，还未收回，正在秋风中拂荡鼓篷，邱晴躲在晾衣架下，非常瞌睡，她索性躺下，闭上眼睛，渐渐入梦。

看到曾易生跟她说："我终于搞清楚了。"

邱晴完全不知道他清楚的是什么，却十分代他欣喜。

"邱晴，醒醒当心着凉。"

邱晴睁开双眼，那种欣喜的感觉仍在。

朱家外婆说："我今日去求签。"

"问什么？"

"替你问前途。"

"真的，说什么？"

"太公八十遇文王。"

邱晴笑出来："哎呀，要等到八十岁，不算是好签。"

"你没有耐心等？"

"不，不。"邱晴顺她意思，"只要有事成的一日，等等不妨。"

"你看，这几年城寨变得多厉害，我已休业多时，她们现在都到内地去做手术。"

"外婆，麦裕杰传我，我明天要去一趟。"

"听说他现在都改了做正行生意，开着家夜总会。"

邱晴轻轻冷笑："对，不走东南亚，改走欧美。"

麦裕杰坐在宇宙夜总会的经理室内。

已经喝下不少，仍继续喝，看见邱晴进来，他照外国人规矩，站起来迎她。邱晴在他对面坐下。

房间内很暗，邱晴的视线一时未能习惯，她看不清楚他。

他点燃一支烟，轻轻说："你姐姐已经周年。"嘴边一粒红星仿佛颤抖两下。

邱晴叹息。

"我时常看见她。"邱晴一怔。

"夜总会音乐一起舞池里通通是她，大眼睛，红嘴唇，看着我笑。"他声音有点沙哑。邱晴黯然伤神。

"你要不要看一看？来，我同你出去。"

邱晴只得跟在他身后，麦裕杰的脚步并没有踉跄，他把邱晴带到舞池边。邱晴开头以为麦裕杰醉人醉语，看到众舞女随着音乐翩翩起舞，才呆住了。

在蔷薇色灯光下，她们的确都长得似一个样子，黑色眼影，鲜红嘴唇，蓬松的头发，华丽俗艳的服饰。

"看到没有。"麦裕杰轻轻问，"都是你姐姐。"

都是别人的女儿，都是别人的姐妹。

"长得像不像？"

邱晴忽然落下泪来，她推开麦裕杰，走到舞池中，拉住一位小姐的臂膀，恳求她："回家去，快走。"

那小姐摔开她，讶异地看着她。

邱晴又去拉另外一个。"回家吧。"她哀求，"再不回家就来不及了。"

舞客舞女都笑起来。

麦裕杰过来拉开邱晴，看到她泪流满面。

这还是她第一次痛痛快快地哭出来。

麦裕杰让邱晴伏在他胸前，一如往日，恩仇全泯。

过两天，在他的办公室里，邱晴看到报纸头条：廉警冲突，局部特赦令颁布，廉署执行处八十三项调查需要终止。

她轻轻放下报纸。"这是否意味着蓝应标可以回来与家人团聚？"

"至少有些人可以稍微松口气。"

"你呢？"

"与我何关？我是一名正当的小生意人。"麦裕杰语气诧异。

邱晴点点头，揶揄地说："我可以肯定你所说属实。"

"你那两位高贵的朋友暂时恐怕不能趾高气扬了。"

邱晴淡淡地笑："我与他们并非深交。"

"有一度你并不那样想。"

"人会长大。"

"你仍坚持住在那斗室里？"

"我们现在过得不错，共装设了二百多盏街灯，垃圾堆积也大有改善，渠道路面都有维修，路牌也装设起来。"

"你语气似福利会职员。"

"那也是你的故居，记得吗？"

邱晴记得很清楚，那年冬季以后，马世雄不再出现。

他的师弟曾易生即将离开本市。

小曾向邱晴辞行，他十分颓丧，打败仗似的对老邻居一直诉苦，开始相信命运；若不是为着一个移情别恋的女子，他早已移民，根本不会到那个机关去工作，以致今日事业感情两不如意。

他终于决定动身到父母身边，他带些快意地告诉邱晴：他前任女友生活亦不好过。

邱晴默默聆听苦水，到了时间，伸出手来与他相握，祝他顺风。

曾易生迟疑地问："邱晴，我俩……"

邱晴坚决缓慢地摇头，务求使他清晰得到讯息。

小小挫折，微不足道，小曾一下子便可克服，此时此

刻，对往日友谊稍做留恋，不表示困难过去，他仍然会记得
小友。

邱晴温和地说："有空通信。"

不消三个月他便会恢复过来，并且浑忘他的出生地。

邱晴一直在等贡心伟的消息。

他没有音信。

麦裕杰讪笑："他不会同你联络的。"

"不要低估他。"

"他与我们不是同一类人。"

邱晴放下账簿。"我们？我是我，你是你，怎么也不能拉
在一块儿。"

"是吗，那你捧着敝公司的账簿干什么？"

"这是纯义务服务。"

"已经足够吓跑他。"

"麦裕杰，你知道吗？你下意识希望我身边一个亲友都
没有。"

"你太多心了。"

邱晴笑一笑。

"我听说你在学校里有朋友。"

"没有重要的人。"

"有的话，你会告诉我吗？"

"我会的。"

麦裕杰似觉得安慰，邱晴看着他，觉得他已不似往时那么源健，现在他的头发皮肤总略见油腻，声音低沉，常为着英语文件找邱晴解答，他雇着不少专业人士，但怕他们瞒骗他，什么都要给邱晴过目，渐渐依赖她。

邱晴有时想，也许连他那一身文身，都不再蓝白分明，大抵褪色了。

邱晴自十岁起就想问麦裕杰这个问题：文身洗多了会不会褪掉一点，像牛仔衣裤或悲痛的回忆那样，经过岁月，渐渐沧桑淡却，到最后，只留下一个模糊的影子，倘或真是如此，当初又何必冒着刻骨铭心之痛去文一身图画。

她一直没有问，以后想也不会得到答案。

他赚到钱，替邱晴置一幢小公寓，邱晴从来没有去过，锁匙收在抽屉中，地方空置着，感觉上很豪华。从无家可归到有家不归，都是同一个人，时势是不一样了。

邱晴可以感觉到，市面上似忽然多了许多可以花的现款，同学们穿得十分花哨考究，动辄出外旅游，喝咖啡全挑豪华的茶座才去，生活从来没有如此逍遥自在过，夜总会生意好得热晕，麦裕杰结束其他档口集中火力扩张营业。

有一天，邱晴在上课的时候，校役把她请出去见客。

在会客室等她的是贡健康太太。

邱晴有礼地称呼她："伯母。"

贡伯母也十分文明，她说："打扰你了，但是我们没有你的住址电话。"

"我家迄今未曾安装电话。"邱晴微笑。

"心伟说你是他的妹妹。"

邱晴点点头。

看得出贡太太担着很大的心事。"你可是代表父母前来？"

"不，家母已不在世。"

贡太太一听，如释重负，安乐地嘘出一口气，可是这善良的妇女随即又觉得太不应该，她马上尴尬地解释："我不是那个意思。"

邱晴连忙按着她的手："我明白，你不舍得心伟。"

一句话说到她心坎里去，她从来没听过这样的知心话，眼眶发红。

"心伟非常困惑，你别让他知道我们见过面。"

"当然。"

"你一个人在外头，跟谁生活？"

"我有外婆，还有姐夫。"

贡太太点点头："这倒真好。"

邱晴无意与她闲话家常，微微一笑。

"这件事的揭露对心伟是一宗打击。"

邱晴答："这是他的身世，他得设法承受。"

贡伯母无言。

邱晴说："当他准备好的时候，他可以来找我。"

贡伯母爱子心切："你不会打扰他？"

"假使他不肯相认，我绝对不会勉强他。"

贡伯母忽然说："早知你那么可爱，既是一对孪生儿，应该连你一并领养。"

邱晴啼笑皆非，只得站起来。"我还要上学。"

想象中，贡心伟应该与她抱头痛哭，然后正式公布兄妹关系，聚旧，追溯往事，一诉衷情……

现实中的他躲了起来不肯见人。

生活中充满失望。

星期六下午，邱晴照例为麦裕杰分析他宇宙夜总会业务上的得失，一名伙计敲门进来，向他报告："逮到了。"

麦裕杰露出一丝微笑："请他进来。"

邱晴不动声色。

两名大汉一左一右押着一个年三十余、中等身材的男子进来，那人面目清朗，并不可憎，明明已处下风，却还能不卑不亢不徐不疾地说："纯为公事，请勿误会。"

只见麦裕杰笑笑说："郭大侦探，我小姨子就坐在这里，你有什么事，尽管问她就是，何必明察暗访，浪费时间。"

邱晴怒意上升，抬起双眼，瞪着来人。

那姓郭的人百忙中忍不住在心中赞一声好亮的眼睛，嘴里却说："我也是受人所托。"

"小郭，你应该先同我打声招呼。"

"那的确是我的疏忽。"

"谁是你委托人，谁要查邱晴的底细？"

那小郭沉默。

只要他不说，那双黑白分明的眼睛就会一直瞪着他，小郭觉得这也是一种享受。

"算了吧，小郭，你跟着邱晴已有不短时日，当事人是谁，大家都有眉目，切莫敬酒不吃吃罚酒。"

小郭总算嘘出一口气："我的委托人姓贡。"

邱晴忽然开口："贡健康。"

"不，贡心伟。"

邱晴一震。

麦裕杰讪笑，邱晴明白了，这件事非得由私家侦探亲口说出不可，不然她又会怪麦裕杰故意中伤她的至亲。

邱晴感觉到深深悲哀。

她缓缓地问："郭大侦探，你的资料可完全，可能满足委托人的好奇心？"

小郭愕然。

邱晴接着说下去："我个人的资料，有几点最不容忽视，我那长期食麻醉剂的母亲是脱衣舞娘，我义父最近成为通缉犯，我姐姐走完母亲的老路死于非命，姐夫有两次案底，现任职欢场经理，还有，姐夫一直供养我，你不认为我与他之间无比暧昧？"

她的声音是平静的，完全实事求是。

小郭很难过，被逼着回答："我没有漏掉这些。"

邱晴说："很好，你的功夫很到家。"

麦裕杰冷冷地说："你回去同贡少爷讲，你不接这单生意。

将来他娶老婆的时候，你才免费为他服务。"

邱晴站起来。"让郭先生把调查报告交给他好了。"

小郭第一个讶异。

邱晴说："这是我的身世，我理应承受。"

假如她逃避，贡心伟也逃避，两人永远不会碰头。

邱晴说："把一切都告诉他。"

麦裕杰说："他知道后永远不会承认你。"

"假使他不知道这些，他所承认的也并不是我。"

麦裕杰露出一丝笑意："小郭，我这小姨子怎么样？"

小郭摇摇头，太骄傲了，要付出代价的。

邱晴当然知道他心里想什么。"郭先生，来，我送你
出去。"

在夜总会门口，小郭见这大眼睛女孩欲语还休，马上明
白她的意思，轻轻说："邱小姐，我们查不到阁下的生父。"

邱晴缓缓转过头来。"有没有办法找？"

小郭问："为什么，你也有难以压抑的好奇心？"

邱晴不语。

"将来比过去重要，你是谁也比他是谁更重要。"

邱晴与他握手。"谢谢你。"

私家侦探走了。

接着的几个月贡家一点消息都没有。

邱晴真想上他们家开心见诚地说："贡心伟，这一切不过是个玩笑，我同你一点血缘关系都没有，我与同学打赌使你烦恼，赢了一百块。"

她已不在乎。

冬至那日，邱晴买好大量食物水果提着上朱家外婆处，敲门无人应，立刻警惕地找凳子来站上去推开气窗张望，看得到老人伏在桌子上，不知有无知觉。

邱晴立刻召麦裕杰来撞开门，扶外婆起身，万幸只是跌伤足踝，已经痛得不会说话。

邱晴与麦裕杰如有默契，立刻把老人送院医治，途中邱晴说了良心话："没有你真不知怎么办。"

没想到麦裕杰说："那么就嫁给我吧。"

邱晴答："姐姐已经嫁过你。"

麦裕杰说："是，那是我的福气。"

"彼时你并不十分珍惜。"

"那时我愚鲁无知。"

邱晴温柔地看着他。"那也许是我不恨你的原因。"

他们把朱家外婆留在医院里观察，出来时已是深夜，邱晴邀请姐夫回家吃饭。

她就地取材，用最快的速度做了香喷喷一品锅。

麦裕杰凝视当年他蹲过的角落，邱晴回头告诉他，邱雨那夜就躺在门口，母亲则一直睡在房里。

"我殊不寂寞，所以不肯搬家。"

"将来怎么嫁人？"

"像我这样的女子，大抵也不要奢望这件事为佳。"

"而我配不上你。"

陋室中似有"嗤"一声冷笑，麦裕杰抬起头："是你笑我？"

"不。"邱晴摇摇头，讶异地问，"那是姐姐，你没听出来？"

麦裕杰笑，只有他接受邱晴的疯话，不让她宣泄一下，只怕生活压力会把她逼得粉碎。

麦裕杰说："来，我陪你出去逛逛。"

他俩来到闹市，两人肩并肩，从前他看她闷，时常做好心把她带出来走走，他在前，她在后，并不交谈，他让她参观店铺街市，随意买零食吃，尽兴始返。

今日邱晴走在同一条街上，一抬头，猛然看见许多五光十色、林林总总的招牌，招摇地召呼顾客寻欢作乐要趁早，邱晴呆住了。这果然是新潮流，邱晴数一数，短短一条街上，共有八十七个招牌，每一个艳帜后边，都有一个故事。

她问麦裕杰："你故意带我到这里来？"

他点点头。

"你怕我上学上得脱了节？"她笑问。

警车号角呜呜，不知什么地方出了什么事，什么人召了执法部队前去协助。

警车过去了，深宵，对面马路卖女服的档摊，消夜店，桌球室，都仍然营业，街上点着数万只的灯泡，温暖如春。

麦裕杰用手肘轻轻推她，示意她看楼梯角落的交易。

一个穿玫瑰紫缎衣黑色丝袜的女子自小童处接过一小包东西塞进胸前，小童一溜烟似的滑脱，女子抬起头，惊惶地四处张望，这时，人家也看清楚她的脸，尽管浓妆，幼稚的表情显示她才十五六岁模样。

邱晴喃喃地说："街上只剩老的小的，适龄的大概全到你的夜总会去了。"

"记住。"麦裕杰说，"这条街叫旺角道。"

邱晴不语。

"世界上每一座大城市起码有一条这样的街道，你不必为本市难为情，也不用为自己发窘。"

邱晴问："我们逛够没有？"

"累了我送你回去。"

第二天，邱晴起个大清早，回到校园，守在礼堂门口，特地等同学们一群群进来，朝气蓬勃，有说有笑，她欣赏他们明亮的眼睛，粉红色的皮肤，轻快的步伐。

邱晴忍不住走过去与他们每个人握手，一边说着"早，你们好，谢谢你们"，同学们认得她是管理科的邱晴，都笑起来："你也好，邱晴，又考第一是吗？"以为她要把欢乐与每个人分享。

待上课铃真的响起来，邱晴回到课室，已经累得睁不开双眼，整个课堂里相信只有她一个人横跨阴阳两界，光与影，黑与白，生与死，善与恶，她都领教过，疲倦也是应该的。

没到放学她便去医院探朱家外婆。

老人躺在清静的病房里，看到邱晴喜出望外，紧紧握住她的手。

白衣看护笑容可掬地进来探视。

朱家外婆说："这里一定极之昂贵……"

邱晴温柔地打断她:"麦裕杰已经交代过了。"

邱雨一早就最爱说的:金钱面前,人人平等。

邱晴开头也十分疑惑,真的,没有人会追究?她跟着姐姐出入消费场所,果然,所有的服务人员为着将货物套现,对顾客毕恭毕敬,只要货银两讫,他们才不管客人从哪里来,又将回到哪里去,市面上只有脏的人,没有脏的钱。

"真亏得阿杰。"

"是的。"公医院多么不堪。

朱家外婆与别的老人不同,她始终精灵、清醒,从不啰唆,也许老人同孩子一样,无宠可恃,自然就乖起来。

邱晴可以想象自己老了的时候,有事要进院修理,恐怕亦如朱家外婆,孤零零躺着,双眼注视房门,渴望熟人进来探访。

朱家外婆还有她,她谁都没有。

朱家外婆轻轻说:"你会找到伴侣,养育子女。"

邱晴把手乱摇。

隔两日老人出院,邱晴同医生谈过,她健康情形无碍,大概可以有机会庆祝七十大寿。

复活节学校有一段颇长的假期,邱晴待在家里与朱家外婆做伴。

朱家外婆向她透露一个消息："有人旧事重提，与我商量要收购单位重建。"

邱晴讶异："你想搬出去？"

"不，但这小小蜗居可以换新建大厦两个到三个单位呢。"

"外婆，我同你讲，这里才是你安身养老的好地方。"

"邱晴，我知道你的意思，可是这一列石屋的户主全答应了，只剩你一户。"

邱晴十分悲凉，低头不语。

"大势所趋，连我老人都要让步，你是年轻人，不会想不通。"

过半晌邱晴问朱家外婆："拆建期间，你打算住什么地方？"

"我可以回乡下。"

"尚有亲人？"邱晴关心地问。

朱家外婆笑："有彩色电视机，怎么会找不到亲戚。"

邱晴点点头："好的，我答应卖。"

"你母亲不会不赞成的。"朱家外婆安慰她。

第二个星期六，邱晴在中午新闻报告中听到夜总会失火的消息，她赶到现场，三级火已经扑灭，疑是电箱失修走电，到处是烟渍水渍，装饰全部报销，最快要三两个月后才能复业。

邱晴完全知道是怎么一回事。

麦裕杰一声不响，冷冷旁观，一如不相干的观光客。

邱晴同他说："不如收山算了，少多少麻烦。"

麦裕杰一点不气恼，温和地说："我们一起到北美洲去，你读书我退休，钓鱼种花，那才是理想生活。"

邱晴不出声。

"你不愿意，就别叫我洗手不干。"他叹一口气，"再说，休业后从早到晚，叫我到哪里去？一个人总得有点事要做，还有，那一帮十来个兄弟，也已经相处十多年，他们又怎么办？"

邱晴觉察到他语气中那种商量的成分，麦裕杰已视她为同辈看待。

"你可以试试给遣散费。"

"听听这管理科高才生的口气！要不要依照劳工条例赔偿？出生入死，怎么算法？他们还没到退休的时候，我即使往北美洲，也得把他们带去。"

邱晴说："那么赶快装修复工，生意最旺的季节即要来临。"

"邱晴。"

她转过头来，他很少这样叫她。

只听得麦裕杰郑重地说："如果我有正经事相求，你不会不帮忙吧？"

邱晴比什么时候都爽快："你尽管说好了，赴汤蹈火、两肋插刀绝无问题。"刹那间她刁泼起来，语气像她姐姐。

麦裕杰怔怔地看着她，隔一会儿才说："谢谢你。"

回到学校，仍是好学生，坐饭堂都不忘看功课。

有人在她对面坐下。"又要大考了。"

邱晴以为是哪个同学，随口答道："我们这些人就在考试与考试之间苟且偷生。"

"然后当这一段日子过去，还怀念得不得了。"

邱晴一怔，抬起头，她看到的人是贡心伟。

"你好吗？"他说。

邱晴微笑："久违久违，这些日子，你干了些什么？"

"我一直在想。"

"需要那么周详的考虑吗？"邱晴的语气很讽刺。

贡心伟分辩说："你不是我，不懂得身受这种冲击的矛盾。"

"也许我俩并非兄妹，我从来不会把事情看得那么复杂。"

"那是你的本领。"

"呵，谢谢你赞美。"她更加尖酸。

"邱晴，我想知道得更多，请你帮助我。"

"我以为私家侦探已把一切都告诉你了。"

贡心伟说："我知道你对这件事情极反感，但是你有没有想过，当初麦裕杰用什么样的手法找到我？"

邱晴一怔。

贡心伟说下去："同样的手法，同一家侦探社。"

邱晴用手托住头，她怎么没想到，怪不得麦裕杰认识那姓郭的私家侦探。

"彼此彼此，邱晴，我们都不是天使。"

蓦然听到这句比喻，邱晴大笑起来，饭堂有着极高的天花板，她的笑声扩散得又高又远，同学们都停下谈话，转头向她看来。

邱晴在学校内一向沉默寡言，同学们见大笑的是她，讶异不已。

邱晴笑得流下眼泪，连忙掏出手帕印干。

贡心伟任由她笑个够。

"你来干什么？"邱晴问。

"我想看看我出世的地方。"

"你要有心理准备，看完之后，不准惊恐不准呕吐。"

贡心伟看着她。"你好像不打算了解我。"

"你也应该尝试了解我。"

"那么从现在开始我们努力尝试好不好，一直吵下去难道
能解决什么？"

邱晴鼓掌。"思考整年，果然有道理。"仍不忘揶揄。

她把他带到城寨的时候，已经恢复常态。

她问兄弟："你到过这里没有？"

"从来没有。"

"你去过欧美多少次？"

贡心伟不语。

"奇怪是不是。"邱晴微笑，"来，让我向你介绍我们的老
家，你想看龙津义学呢，抑或是侯王庙，想去九龙码头遗址
也可以。"

贡心伟异常紧张，他的额角冒出汗来。

邱晴有点不忍。

对他真残酷，自幼生活在那么理想的环境里，养父母视

同己出，忽然之间，他明白他所拥有并非理所当然，乃是因为幸运的缘故。

邱晴轻轻说："对不起。"她开始谅解他。

贡心伟转过头来。"不是你的错。"

邱晴赔一个笑："如果你真的觉得坏，试想想，情况还算是好的呢，倘若留下来的是你，你会变成什么样？"

也许是邱晴多心，她仿佛看见贡心伟打了一个哆嗦。

邱晴把他带到老家，木楼梯已经为岁月薰得墨黑，走上去，吱咕吱咕，电线电表全在扶手旁，一盏二十五瓦长明灯照着昏暗走廊。

"你认为怎么样？"邱晴问他。

贡心伟掏出雪白的手帕擦汗，一下不小心，手帕掉在地上，邱晴伸出足尖，把它踢至一角。"哟，糟糕，不能再用了。"邱晴不忘在适当的时候开他小小玩笑。

"你一直住在这里？"

"我还打算住到拆卸，你真是幸运儿，贡心伟，这幢房子月内就要拆掉重建，彼时你才来，就看不到祖屋了。"

邱晴开了门，邀他进屋，招呼他坐。

贡心伟喃喃说："室内有点闷。"

邱晴打开窗户。"空气当然不及山顶住宅流通，不过，老屋有老屋的好处，你说像不像住在电影布景里？"

贡心伟无心与她分辨，他整个人沉湎在想象中，他仿佛看见带着脐带的幼婴被匆匆抱离这所故居，他用手掩住脸，邱晴在这个时候忽然说："我听见婴儿哭，是你还是我？"

贡心伟面无人色地倒在椅子里震荡得说不出话来。

"心伟，这间屋子里有许多奇怪的声音，有时我听见我自己，有时是母亲或姐姐，我实在舍不得离开。"

贡心伟不能作答。

"心伟，没有人叫你回来，你的处境比摩西为佳，来，我们走吧。"

贡心伟呜咽："母亲她总有什么留下来吧？"

邱晴温柔地说："你只不过在这里出生，你的好母亲是贡健康太太。"

贡心伟紧紧握住邱晴的手。

"你可愿意承认我是你骨肉？"

"我从来没有否认过。"

贡心伟总算把四肢拉在一块儿，缓缓站起来，忽然之间，他的眼光落在她们母女三人的那帧照片上。

他取起照片端详，喃喃地说："她真是一个美妇人。"

邱晴轻轻接上去："所以能够活下来，你不晓得有时一个人为着生存要付出多大的代价。"

贡心伟看着邱晴。"你没有一个正式的童年吧？"

邱晴笑笑："还可以，我懂得苟且偷生。"

"这个姓麦的家伙，据说他对你还不错。"

"不能再好了，要任何一个人对另外一个人这样好，都是难得的。"

"可是——"

"那是他们世界的律例，他们有他们独特的偿还方式。"

贡心伟叹一口气。

"回家吧，我带你出去，这里山里山，弯里弯，怕你迷路。"

"邱晴，我同你可否定期会面。"

"当然，直到有天你结婚的时候，我会来参观婚礼，你无须把我俩的关系公告天下，每个人都应有权利保存一点点隐私，心伟，你的烦恼已经终止。"

贡心伟忽然反问："为什么要你一直安慰我，你并不欠我。"

"对，那么你来安慰我吧。"

"我能帮你什么？"

"我生活很过得去，你可以看得出我一件都不缺。"

"你怎么能在这个环境里做高才生？"贡心伟万分感慨。

邱晴笑一笑："因为我闪亮的才华不受任何因素影响。"

"你有没有异性朋友？"贡心伟充满关怀。

"喂，我们刚刚碰头，问这种问题是否过火？"

这个时候，贡心伟似忽然听得一阵撒泼的银铃般笑声自远处传来，他抬头聆听。

邱晴问："你听到什么？"

"好像是姐姐笑我们。"

"姐姐最爱笑。"

贡心伟看着她说："还有其他许多事故，你都没有诉苦。"

"我记性不大好，不愉快事，不很记得，姐姐对我非常友爱，你可以相信我。"

有人轻轻敲门。"邱晴。"是朱家外婆的声音，"你一个人自言自语？"

邱晴去打开门。

朱家外婆拄着拐杖进来，一眼看到贡心伟，便点点头："你是双胞胎的另一半。"

贡心伟十分吃惊，这里好似每个人都认识他，都在等着他回来。

邱晴说:"她是把你抱出去交给贡氏的外婆,她随手在我俩当中捞了一个,是你不是我,外婆,人家有没有指明要男孩?"

外婆答:"贡家说,最好是女孩,容易管教。"

贡心伟还来不及有什么表示,邱晴已经笑说:"今天心伟颜面不存。"她一直想逗他笑。

朱家外婆看着贡心伟说:"你把他送走吧,邱晴,他看上去不太舒服。"

邱晴领着兄弟离去。

到达车站,贡心伟说:"我肯定我欠你很多。"

"不,你没有。"邱晴坚决地说,"我有我的得与失,你也有你的得与失,你不欠我,我亦不欠你。"

"你是如此倔强!"

"我?"邱晴失笑,"你不认识姐姐真可惜,我同她没的比。"

那夜,朱家外婆悄悄过来,同邱晴说:"牛你们那天,是一个日头火辣、万里无云的大晴天。"

邱晴知道。

过两天麦裕杰召邱晴说话。

"你回去同学校告假，过两日我同你到东京去一趟。"

邱晴平静地问："去多久？"

"三天，我与你见一个人，这次，邱晴，你真的要帮我忙。"

邱晴点头："我知道你此去为找人调停，却不知道我能扮演什么角色。"

"届时你会明白。"

"我可需要熟读剧本？"

"不用，你做回自己即可。"

考完最后一张卷子邱晴便要出发。

每次答完题目，邱晴都不满意，心中充满内疚、后悔、歉意，自觉能做得更好，只是当时没有尽力，情绪总是非常低落。在生活上说一是一、勇往直前的邱晴，一到考场异常懦弱。

同学们纷纷讨论着适才一道分外刁钻的题目："邱晴，你怎样回答？你是唯一懂得对付这种难题的人。"

邱晴没有回答，她看到门口有一个人站在那里。

那人穿着白裙子，神色阴晴不定，邱晴暗暗叫一声不妙，她加快脚步。

那人没有放过她："原来是你！"

邱晴不去理她。

"我见过你。"她挡在邱晴面前，"你是被曾易生抛弃的那个女孩子，你住在鸦片窟，你母亲是个脱衣舞女。"

众同学听在耳内，顿时鸦雀无声。

三年同窗，他们一点也不知道邱晴的底细，今日忽然有人找上门来，三言两语间掀了好同学的底，说得这么离奇曲折，只希望邱晴抬起头来否认。

邱晴冷冷地说："你认错人了。"

"我没有认错。"那曹灵秀指着她说，"现在你同贡心伟走，心伟是我的男朋友，你抢走他。"

同学们"哗"的一声，身不由己地围拢来。

邱晴只能重复地说："你认错人了。"

"你姓邱，你叫邱晴，我怎么会认错你。"曹灵秀说完要伸出手来抓邱晴。

在这个危急的时候，一辆白色开篷车在附近轻轻滑停，车门打开，有男同学高声叫："邱晴，到这边来，你又迟到了。"

邱晴如逢皇恩大赦，三步并作两步跳上那辆平日她甚为抗拒的开篷车。

那辆车一溜烟似的驶走，邱晴不住庆幸运气好，已经窘出一身大汗。

她甚至没有问车子会驶到哪里去。

白色开篷车主没有出声，只是尽忠职守驾驶车子，邱晴认为他知情识趣，深明大理，这样的男人，纵使没有身份地位金钱，也能够令女伴心身愉快。

十多分钟后，邱晴开始感激他。

她只知他念机械工程，不知道他姓甚名谁，她所遇到的人，通通问题太多，只有他是个没有问题的人。

没有问题的人，邱晴失笑，这个形容词里有两个意思，因为他不问问题，所以他没有问题，多么有趣。

车子终于停下来，邱晴发觉她在山顶上。

山脚下一片浓雾，她只能看到极高建筑物的一个顶尖。

不消片刻，她的刘海已经沾上雾珠。

司机仍然没有说话。

邱晴坐在车内良久，直至心情平复。

最后一个考试了，幸亏曹灵秀等到今日才来掀露她的身世，邱晴不怕蔑视的目光，她已经习惯，她怕的是好同学们的关怀，殷殷垂询：那个女子是什么人，所言可属实。

邱晴不想解释。

这真是一个解释的世界，人人急急寻找答案，告一天假也得找医生证明，事主必须有充分理由拼命解释身子为啥不听使唤倒了下来。

人人对人人抱着疑惑之心直到听到合理的解释：不，我是你忠实的朋友，我没有那样说过，我怎么会呢，我是个老实人……

邱晴不想再解答疑难，她打算背起所有传言及流言。

他们能诬捏多少她便背起多少，他们主动，一定比她更早垮下来。

邱晴轻轻嘘出一口气。

司机像是知道她的心事，轻轻把车开下山去。

这人从头到尾没有说过一句话。

到达市区，他让邱晴下车，随手取过一个笔记本子，指指封皮，邱晴看到斐敏新三个字。

这人愆地有幽默感，他一早知道邱晴不记得他。

邱晴握住他的手一会儿，才下了车。

自那天开始，她没有再回去过学校。

邱晴与麦裕杰乘早班飞机赴东京，出门时天还没有亮。

夜与晨接触点是灵异诡秘的一刻，难怪许多病人在这个时辰上挨不过去，也难怪异物在该刹那会露出原形。

晨曦中已有不少人向这个城市告别，早些时候，这飞机很多人曾会送出泪来，到今天，大抵知道来来去去不过是平常事，纵使不舍得，也不过木着一张脸，离开飞机场，又各归各办生活中的正经事去。

邱晴只得一只手提包，与麦裕杰进入头等机舱。

那日是个阴天，直到抵达目的地，天都没有亮透。

邱晴与麦裕杰在旅途中并无交换一言半语。

飞机场外有车子接他们，驶抵旅馆，麦裕杰在接待处与邱晴开玩笑："只得一个房间，你上去休息吧，我去街角胡乱找地方待一夜。"

邱晴微微一笑："委屈你了，姐夫。"

那天晚上深夜，麦裕杰来敲门，送上一袭花衣，嘱邱晴换上出门。

衣裳款式极之奇怪：甜心宽领口，小蓬袖、窄腰、郁金香形裙子，是20世纪50年代最流行的样子。

邱晴打扮定当，麦裕杰轻轻托起她的下巴，替她抹上胭脂。

他轻轻问："你不想知道此去为见谁人？"

邱晴摇摇头。

"你很勇敢。"

"我得做的我必须做，多知无益。"

"那么好，请跟我来。"

他们上了车。

一路上有点冷，麦裕杰把外衣搭在她肩上。

邱晴自觉似祭祀仪式中的羔羊，只是她也并不是一只无辜的小动物了。

车子在郊区一座洋房前停下。

天又快要亮了，一个天亮接着一个天亮，邱晴有点迷茫，不知今日是昨日还是明日，她轻轻闭上眼睛。

司机替他们拉开车门。

麦裕杰低声吩咐她："一会儿我叫你坐什么地方你便坐下，不叫你不要动弹。"

邱晴点点头。

"没有什么需要惧怕的。"麦裕杰安慰她，"不成功的话，我们可以另外想办法。"

司机去按铃，他们被领进室内。

会客室内早有人背对着他们站在窗前。

麦裕杰叫邱晴坐在角落，他自己趋向前去毕恭毕敬打招呼。

那人"嗯"地一声问："夜总会重新装修过了？"远在异邦，却好像什么事都知道。

邱晴一听得那声音便一震。

麦裕杰答："还没敢开始营业，希望选个好日子，故此特地过来请教。"

那人淡淡地说："现在想到我了吗？"

麦裕杰尴尬地站在一旁。

邱晴肯定了，她知道这是谁，不由自主地喊出来："爹爹。"

那人一怔，缓缓转过头来，他在明，邱晴在暗，更看得一清二楚，她再叫一声："爹爹，是我。"

那人不禁颤声问："你是谁？"

这袭花裙子好不熟悉，他犹如踏了一脚空，心中跌宕。

卸了妆，她最喜欢穿的衣服便是这个式样的花衫，他老取笑她衣服太紧太小，工余不忘卖弄本钱。两个在江湖上混的男女渐渐产生半真半假的情愫，两人隔于环境从未承认过这段感情，分离后他却无日不思念她。

他脱口而出："小芸，你过来。"

邱晴站起，走到亮光处。

那人的确是蓝应标，他胖了也老了，头发异常斑白，也没有梳理好，乱蓬蓬似一堆草，但这一切却不碍他的势力膨胀。

他看清楚她，像管像，少女比他思念的人清丽得多。"是邱晴。"他说，"你怎么来了。"

邱晴趋近他。"母亲已经去世。"

"我知道。"

"姐姐也已经不在了。"

"我也听说过。"

"现在只剩杰哥与我，爹爹，你看该怎样帮我们。"她走过去蹲在他身边。

蓝应标十分震动，过一会儿他说："你那杰哥很不上路。"

邱晴笑说："这我也知道，无奈只得他照顾我。"

蓝应标嘘出一口气："你长那么大了。"

邱晴感喟："如枝野花，自生自灭。"

　　"许久没有人叫爹，我的子女全部与我划清界限断绝来往，跑到有关部门一边喝咖啡，一边一五一十将我招供出来，为了领取冻结的财产。"

　　邱晴不语。

　　蓝应标看着邱晴良久。"你跟着那小子生活还愉快吗？"

　　麦裕杰在一旁陡然紧张起来。

　　邱晴分辩道："我没有跟着他，他只是我姐夫。"

　　"他不配。"

　　麦裕杰暗暗怪邱晴在不该斟酌字眼的时候讨价还价。

　　"总算他还有点鬼聪明。"蓝应标嘘出一口气，"麦裕杰，你回去吧。"

　　邱晴连忙说："谢谢爹爹。"

　　"听说你已经读完专科学院。"

　　"是的。"

　　"好好找个事做，清苦些不妨，总胜过走你母亲和姐姐的老路。"

　　"要是能走早就走了，我也走不来。"邱晴微笑。

　　"真的。"蓝应标像是很听得进这话，"也不是那么容易走的。"

他想想又问:"城寨近日如何?"他其实知道得一清二楚,只是怀念。

"居民正自施重建计划。"

蓝应标频频点头,渐渐他累了,眼皮直挂下来,挥挥手,示意客人告辞。

邱晴走过去用自己双手合住蓝应标的手。

只听得他说:"我已不中用,周身是病,你也不便再来看我,再见,小晴。"

邱晴轻声在他身畔问:"你是我爹爹吧?"

他笑了:"自几岁起你便老这样问,好,你要是愿意,我便是你爹爹。"

麦裕杰扬一扬眉毛,有意外之喜。

他们终于告辞,仍由司机载回市区。

天蒙蒙亮起来,麦裕杰同邱晴没有久留,匆匆乘早班飞机折返香港。

麦裕杰:"轮到我向你道谢。"

"没问题。"

难怪那么多人羡慕势力,一句话一个手势便为苦难人消灾解难,俨然上帝一样,多么叫人感动,霎时间被搭救的人哪里还管得是黑是白，抑或事后要付出多少代价。

回到家门口邱晴才发觉没有除下花衣，她推门进去，看见朱家外婆正坐在贡心伟对面谈天。

朱家外婆一看见她，便笑道："喏，说到曹操，曹操便到，你母亲便是这个样子。"

贡心伟面色祥和，看情形已接受事实。

接着的日子里，麦裕杰的宇宙夜总会复业，开幕礼上居然冠盖云集，济济一堂，邱晴站在一角，自嘲做布景板。

她怀念红衣裳，不知怎的，那么多女客当中，竟然没人穿红衣。

她躲在一角，逐张人面搜索。

忽然之间，看到一个熟人。

他穿着笔挺西装，配一条丝光领带，无论如何不应在这个地方出现，但是偏偏来了。

邱晴目光如炬，发觉他一直亦步亦趋跟在个胖子身后，姿态十分谦恭，她知道那一定是他的老板了。

邱晴悄悄问人："胖先生是谁？"

"他？他是咱们油尖区街坊首长之一，现称区议员。"

"他身后那位呢？"

"呵，那是本区的政务官。"

他转了职位，人在江湖，身不由己。

邱晴迎上去，叫一声："马先生。"

那人闻声满面笑容地转过头来，他浑身打扮仍然一尘不染，但身体语言由冷漠转向热情，邱晴对他的适应能力表示诧异。他看到邱晴，也略为一怔。

邱晴微笑说："又见面了。"

马世雄第一个感觉是她可能是宇宙夜总会的公关小姐，但看她衣着化妆，又不甚相似。

这真是一个尴尬的场合，灯红酒绿，人头涌动，事实上马世雄手中正持着只郁金香形水晶杯子，淡粉红色克鲁格香槟适才令他精神一振，酒与美人，永远使人在狗般生涯中获得安慰。

邱晴微微笑。"今天的主人，是我的姐夫。"

马世雄一听，十分感慨，短短数年间，昔日的小流氓，竟是今日的大腹贾，难怪他没把他认出来。

邱晴像是读通了他的思想，她闲闲地说："姐夫也不过是刚刚起步，同你我一样。"

"你现在帮他？"

"不，我正打算找事做，西报上那么多聘人广告，不晓得哪种职位往上爬的梯子最畅通，真要请教请教。"

马世雄不语，一只耳朵渐渐涨红。

邱晴说下去："你先后两份工作性质大大不同吧？"

马君连忙多喝一口香槟，这个女孩子真是厉害角色，假以时日，非同小可。

邱晴并不放松，她笑道："看情形公务员出来走动搞关系的趋势会日益热闹，聚会一经官绅点缀，身价百倍，你说是不是？"

马世雄另外一只耳朵也涨红了。

邱晴努努嘴："那位胖先生找你呢。"

马世雄放下空杯子，过去应付。

邱晴冷冷地看着他背影。

到底还是青嫩，渐渐他会觉得这类派对没有什么不对，穿起礼服，如鱼得水，穿插宾客之间，德高望重，谈笑风生，等到他下了台，帖子又会发到代替他升上来的人手上，此类关系，永远建立在利害上，只要他坐在那个位子上一天，他就可以借此出来喝香槟打交通。

麦裕杰过来说："你看到他了。"

邱晴点点头，他曾给过她不少麻烦。

"小晴，你现在明白了吧，黑与白之间，存在数千个深深浅浅的灰色。"

"杰哥，你的哲理一向最多。"

麦裕杰笑一笑："给那些只得官衔的人多添点酒，凭他们的年薪，渴死他们。"

少年时期觉得高高在上的人物，如今都与她并排而坐，有时邱晴还讶异他们身材缩小变形，似肥皂泡那样，越缩越小，越小越薄，终于"噗"一声消灭。

当麦裕杰说"我极需要你来帮我"的时候，邱晴并没有拒绝，她已经明白到哪里都要打躬作揖做基础，做生不如做熟。

麦裕杰对其他生意已经撒手，身旁亲信减至一个核心，脾性益发古怪，动辄拍桌骂人，每当不可收拾的时候，他们总是万分火急去把邱晴找来。

邱晴一出现，只要皱一皱眉头，轻轻问声"怎么啦"，他的怒气便烟消云散。

祖屋在拆卸中，朱家外婆到外地探亲，毕业证书寄到宇宙夜总会，邱晴摊开它的时候双手颤抖。

小姐们都过来参观，莺声呖呖："小晴，赶快买个银框子镶起来。"

得来太不容易，命中本来不应有这张证书，由她硬求而来，得与失只有她一人知道。

小姐们笑问："小晴，值不值得？终于在这些人前争足一口气。"

邱晴装作很懂事的样子，把文凭卷起藏好，说一声："再吃苦也是值得的。"在以后一段岁月里，她到哪里都把这张护身符带着，但是再也没有把它取出来多看一眼，事实上她甚至不知道它是否仍然卷在硬纸筒内。

再过几年，社会风气变得更加厉害，使邱晴讶异的是，不少有同级学历的女孩子时常到夜总会来客串上班。

当时，邱晴仍然为她的努力骄傲。

与麦裕杰把杯谈心的时候，她说："姐姐不知会怎样替我高兴。"

麦裕杰不语。

过一会儿他说："她并不赞成你升学读书。"

邱晴见触及他心事，便连忙改变话题。

如今他说起邱雨，永远无限依依，忘记他曾经一度决意

要离开她。人类的记忆就是这么奇怪，忠于感情而不忠于事实，麦裕杰脑海中的邱雨，跳过她所有的缺点，渐渐成为一个圣女，但如果她现在仍然在世，他怕早已视她为陌路。

秘书把电话接进来："邱小姐，一位贡太太找你。"

今日的跳舞场与昔日的跳舞场不一样，也是个正当的体面的做生意机关，邱晴连忙到自己的办公室接电话。

贡太太约她吃下午茶。

邱晴刻意打扮过才出门，见到茶座中还有其他女孩子，想必是贡太太的亲眷，邱晴比起她们可是一点都不吃亏，因为比她们世故，所以更加大方。

片刻这些女孩子都去逛公司，只剩下贡太太与邱晴单对单，问候数句，纳入正题，贡太太说："心伟他不肯跟他父亲学生意，竟要去投考报上的职位。"

邱晴竟不知贡健康干的是哪一行。

贡太太懊恼地说："心伟自小答应父亲做他的好帮手，好不容易盼到今日，他却悔约。"

邱晴已知道贡太太的意思。

"你帮我劝劝他。"

"我且与他谈谈。"

贡心伟知道邱晴找他目的何在，避而不见，终于在一个星期六下午，邱晴找上贡家，把仍在蒙头大睡的兄弟叫醒。

贡心伟只穿一条球裤光着上身，睁眼看见邱晴便说："不用多讲，我心意已定，贡家不少外甥侄子对家庭生意虎视眈眈，我之退位让贤，另谋发展实属明智之举，养父母待我已经恩重如山，我不想侵占贡氏产业。"

讲完之后用枕头压住面孔。

邱晴看着心伟强健的身体，深觉生命诡秘，不多久之前，这个身体，与她的身体，自同一卵子分裂，孕成两个生命。

邱晴伸手推他，无限亲切。"你为自己还是为别人闲言闲语？"

"我为自己，我对做建筑材料没有兴趣。"

"那你打算到何处发财？"

贡心伟移开枕头。"真烦恼，一毕业就要发财，多大的压力。"

邱晴只有在与他相处时才笑得真心畅快。

他又问："姐夫的夜总会请不请保镖？"

"保镖要打人以及挨打的。"

贡心伟骨碌爬起来。"哪一个行业不是这样？挨不住打便吃瘪、认输、倒下。"

类似这话，邱雨也说过，他们都似早早已经洞悉世情，爽快地做出心理准备：每一个有人的角落都藏着见不得光的事，不分界限阶级，都有罪恶。

心伟说下去："舅舅有两个儿子不晓得多想进父亲的公司，每个周末都来磨着母亲说同一句话：'可是心伟是一点血缘都没有的外人。'听得我耳朵生老茧。"

"你看你还不是为了面皮薄。"

"不，我到大学图书馆从头做起，一样孝顺父母，可是理直气壮。"

"图书馆，你？"

"不比你在夜总会任职更可笑呀。"

邱晴叹口气："贡太太要失望了。"

"朱外婆还没有回来？"心伟想起问。

"没有，她在乡间好像很愉快，乐不思蜀。"

"人的良心未泯，我们喜欢接近出生地，我们喜欢回去死。"

"你说什么？"邱晴骤然变色，"外婆是要活到七老八十的，你别胡诌。"

心伟噤声，这就是他同她的分别，她的内心有一角落十分原始迷信神秘，沾染了出生地的气氛，心伟没有这种负累。

"来，说些高兴点的事，听说你男朋友开白色开篷车？"

邱晴冷冷地问："你还没有把私家侦探辞退？"

朱家外婆尚未自鱼米之乡返来，报章上如火如荼刊载着中英双方谈判的消息。

麦裕杰问她："老屋改建后两个单位都没有卖掉？"

邱晴摇摇头。

"要卖不出去了。"

"不妨，我从未打算要赚这个钱，我用来自住。"邱晴停一停，"我之所以可以这样骄纵放肆，全然是有靠山的缘故，真是不幸中的大幸。"她的靠山是姐姐邱雨。

麦裕杰知道。

"我派人去看过外婆。"

"她可好？"邱晴非常关心。

"她似不想返来，我的人看见她坐在古槐树下晒太阳，身边围着五六七个小孩，她似找到平安喜乐，乐得坐一整个下午直到黄昏亲人唤她吃饭，天天如是乐此不疲，双脚接触出生地泥土似有魔法传给她力量。"

邱晴没有话说，她不愿离开城寨，可能也是这个道理。

"她的母亲，她母亲的母亲，可能都在同一棵槐树下乘过凉，谁知道，也许古人仍然抽空回树下与她接触，看样子，外婆回来的机会不大了。"

"作为跳舞场老板，你实在想得太多了。"

话还未说完，欢场生意便一落千丈。

客人忽然都回家陪妻子吃饭去了，舞厅场面冷落，小姐与小姐们相拥而舞解个闷气，同时也把邱晴拖落水，教她交际舞。

邱晴并无这方面天才，一支华尔兹学得腰酸背痛还是鸡手鸭脚。

只有庞大支出倒水般流失使邱晴心惊肉跳，她问麦裕杰："这可怕的不景气会否过去？"

麦裕杰很镇定："一定会过去，但届时宇宙夜总会是否存在就颇成疑问。"

邱晴的心一沉："多年的心血努力。"

"大不了重操故业。"

"我就是怕你会讲这句话。"

"你怕，你关心？"

"麦裕杰，这不是讲俏皮话的时候了。"

"俏皮，你认为我俏皮？"

"你喝得太多。"邱晴别转头去。

"也许因为老酒从不让我失望。"

"我有让你失望吗？杰哥，你说说看。"

"没有，你没让我失望，错在我对你盼望太多。"

那小小孩子，同情怜悯的目光，一如她对待受伤的鸽子，濒死的小狗，她每次都以那样动人的眼神看着他，温柔之外简直不是一个儿童可以拥有，她成为失意落魄人的守护天使。

麦裕杰惋惜地说："你已失去那样的眼神了。"

邱晴啼笑皆非："你差不多要破产，还在担心这些无关紧要的事。"

麦裕杰说："醉酒的人一颗心最清纯，你可相信？"

邱晴不去理他。

外头只余一桌日本客人。

情况还是比贡家好。

贡健康做生意手法靠货如轮转，几个大型建筑地盘一停工，材料堆积，货主催促付款，贡氏公司出现空前窘境。

贡心伟忽然长大了，把那一份活泼收起来，下班就乖乖回家陪贡太太，想尽办法使她展眉。

邱晴悄悄问："贡先生呢？"

"避风头去了。"

"人在哪里？"

"三藩市[1]。"

"有没有说什么时候回来？"

"无限期。我们正设法变卖一些东西以渡难关，没想到十五年根基老公司会一下子倒台。"

"现在有现金真像做皇帝一样，多好多贱的东西都有。"

贡心伟苦笑。"这是我第一堂活生生的经济课，昨日大学发了薪水，我原封不动给母亲做开销。"他感喟，"啤酒网球玫瑰的日子终于已成过去。"

邱晴爱煞她的兄弟，他的苦难在她眼中无论如何还是小儿科。

她轻轻自手袋取出一沓钞票，拉开他的抽屉，放进去，大学里薪水自校长往下数，没有不菲薄的，念那么多书，做

---

[1] 三藩市：美国旧金山。

那么多功课，还不如表演艺人或投机分子随手捞一票，那是真正有理想才能坚忍的工作。

邱晴若无其事地问："你那穿白衣读茱莉亚的女友呢？"

"一句话里有不知多少谬误，第一，她不是我的女友，我从来不喜欢如此虚假的人物。第二，她从头到尾未曾进过茱莉亚的门槛，通通是虚张声势，自抬身价。第三，我拒与该人见面已经长远，怎会知道她的近况。"

"你不会相信，这样的人，曾经使我无限自卑。"邱晴伏在桌子上微微笑。

"别怪你自己，数年前社会智力仍然落后，装模作样亦可在短时间内哄骗一小撮人，到了今天，没有实力真要靠边站，小小绰头已不管用。"

"心伟，英雄不再论出身了吧？"

贡心伟讶异地问："你想逐鹿中原？"

"啊，是，成王败寇，愿赌服输。"

两兄妹哈哈大笑起来。

贡太太端茶进来，不禁说："年轻真好，已经到这种田地了，还笑得出来。"

心伟搔搔头。"哭也没用，不如笑了再说。"

贡太太坐下。"我也这么想，可是笑得像哭。"

心伟搂着他妈。"有我在呢，真要逃难，我背着你走。"

邱晴听了感动得别转头去。

贡太太呜咽一下，才笑道："幸亏你另外有一份职业，不然两父子一齐背债可怎么办！"

当时一个轻率的决定，恍似无关紧要，日后连锁关系慢慢浮现，时常叫当事人捏一把汗。

"是。"邱晴说，"幸亏我没有说服他。"

宇宙夜总会生意继续萧条，邱晴详细看过簿子，认为尚可支撑，超过一年，则属不智。

麦裕杰问："这里如果解散你打算干什么？"

邱晴微笑："我不知道，或许投考公务员。"

麦裕杰说："政府早已冻结增长率，别做梦了。"

"我们何去何从？"

"我想搬到三藩市去。"

"你绝对不是他们对手，重新找地盘，谈何容易。"

"我也不能留在这里坐以待毙。"

"这个不景气才不会把你杀死。"

"政治气候有变化呢？"

邱晴不语。

"你想想看，青帮哪里去了？洪门又如何销声匿迹？通通是前车之鉴。"

"也许你该转行。"

"不行。"他挥挥手，"我喜欢女人，只有做这一行才可以天天接近那么多好看的女人，听她们诉苦抱怨，看她们发嗲撒娇，没有她们，生活没有意义。"

这可能也是很多人从事电影行业的原因。

邱晴揶揄他："这真是你的事业危机不是？"

"我考虑撤退，小晴，你可要与我共进退。"

一定要走吗？邱晴恋恋不舍，她们母女牺牲那么多，才挣回今日自由，好不容易等到城寨两字不再使人耸然动容，伯母们不再把她当妖女看待，本市刚进入实事求是的全盛时代……要走了吗？

"我不走。"邱晴说。

麦裕杰诧异："你想我把这地盘交给你？"

"我自幼在舞场长大，表面的风光旖旎，背后的辛酸眼泪，我全知道。"

麦裕杰忽而仰头笑起来："我真没想到，我满以为你毕业出来要去教书，与我们永久脱离关系。"

邱晴任他笑个够。

"我想都没想过会是你。"

"现在开始想吧。"

"小晴，邱雨会怎么想？"

"姐姐会为我骄傲。"

"好，今天起你坐到我这个位置上来，我把所知道的，都教给你，只是我怀疑，还有什么是你所不知道的。"

邱晴正式跟麦裕杰学艺，他毫无保留地教她，把他的联络网交给她，把所有的朋友介绍给她认识，带她去拜会，为她作保。

外头人深深诧异，年轻的女郎看上去似中区一般写字楼里主持决策的管理阶层人物，谈吐衣着姿势，都与这个行业的传统作风没有一丝相似。

她最令人不安的一套谢进谢出，请前请后，讲话不带一个脏字，声音绝不提高，即遇有争辩，她的声音仍然小小，但却不由人不听她说话。

他们想，这要不是个不动声色的厉害角色，要不就根本不适合干这一行。

　　麦裕杰对邱晴却具无限信心，他把着她的手，自描红部开始，以高速高压，希望她在最快时间内修毕全程。

　　每天他们留在办公室直到深夜。

　　过了十二点，便有女孩子来接麦裕杰。

　　麦裕杰喜欢的女孩子属同类型，他爱挑年轻、健硕、美貌得带点野性那种。

　　邱晴暗暗好笑，你问十个男人，保证十个想法与麦裕杰相同。

　　她们且都对麦裕杰痴心，坐在办公室外一等一个多小时不愿离开，踢掉高跟鞋，一边喝酒一边瞌睡，歪斜地躺卧在沙发椅上，漂亮的衣裳团得褶皱，但是面孔仍然美如花苞，没有办法，这是她们的天赋本钱。

　　邱晴揶揄麦裕杰："你殊不寂寞。"

　　"男人应当寂寞吗？"

　　"你要做的闲事太多，好似已忘记正经大事。"

　　"这世上有什么大事，真要听你这个有学问的女子说上一说。"

　　"譬如说，凶手还没有落网。"

　　麦裕杰马上收敛笑容，握住邱晴的手，压向桌面，渐渐加力。"不要再提起这件事。"

邱晴觉得疼痛，忍住不出声，过一会儿，他放开她，在门口找到来等他的女孩，双双离去。

邱晴眼眶内有泪水，过一会儿，终于吞下肚子去。

五

人一生只配给得一具皮囊，
与之厮混纠缠数十年，
躯壳遭到破坏，
再伶俐的精魂也得随它而去，
不能单独生存，看穿了这一点，
不自爱是不行的。

第二天，他们又从头开始。

麦裕杰给她看公司的印章："其中三枚在会计处，写字台左边底格抽屉里收着全套图样。"

邱晴拉开抽屉，一翻，看到个糖果盒子，好不熟悉，锌铁皮制成，狭狭长长，漆印的彩图已经掉了一半，邱晴温柔地捧它出来。

她说："你仍保存它。"

麦裕杰抬起头来，看一眼说："是。"

邱晴顺手打开它，那把手枪仍在盒内，她吓一跳。

"别担心，这把手枪现在领有执照。"

是，麦裕杰已是正当商人，邱晴盖上盒盖。

"把它放回原处，枪内有六枚子弹，当心留神，这写字楼里一切事物，将来都由你承继。"

邱晴放好盒子，推上抽屉。

"我有一个请求。"

他很少这样客气。

邱晴看着他。"如果合理，一定答应你。"

"我想带走邱雨的骨灰。"

邱晴的心一酸，她抬起头，考虑一会儿。"母亲与姐姐最好在一块儿。"

"那么都交给我吧。"

邱晴点点头。

麦裕杰松口气，转过头去，良久，他才说："支票由你和会计部两人签名才生效，公司的资金……"

邱晴没有听进去，他势在必行，很快就要离开她，过去有段日子，由姐姐去世直到今日，可以说他都属于她，看样子他终于要挣脱枷锁，而这副锁的另一头，铐在邱晴的腕上，他自由，等于她自由。

邱晴不自觉地握着自己的手腕，没有麦裕杰的生活，会是什么样？

"你并没有听仔细。"麦裕杰见她出神，"你在想男朋友。"

邱晴抬起头来，既好气又好笑。

"你不会有足够时间笼络他们。"麦裕杰预言，"这几盘生意在未来十年会使你疲于奔命。"

邱晴不语。

"你那些男友。"麦裕杰又讪笑，"他们只是小男孩，无时不需要异性呵护照顾，没有一个是真正男人。"

邱晴说："我知道真正男人要浑身上下文满花纹，抽屉拉开来起码有一把枪。"

"又要吵起来了。"

"我同你做一项交易，杰哥，从今日起，我不笑你的朋友，你也别理我的朋友。"

麦裕杰沉默一会儿，答道："我走了以后，你就没有这种烦恼。"

每次到贡家，邱晴都悄悄把现款放进抽屉里。

她到这个时候才知道姐姐帮她的感觉，是一种异样的满足感。

心伟同她这样说："我家有个聚宝盆，喏，就是这只旧书桌右边第三格抽屉，这边的钞票花光了会重新长出来。"

邱晴木无表情："那有什么不好。"

"你说得对，不过将来我会设法偿还。"

"市道正在好转，你父亲也该回来了。"

"小妹，我很佩服你。"

"母亲与姐姐呢？是她们为我们铺的路。"

"是。"贡心伟承认，"她们在彼时彼地，只能做到那样。"

"所以我们可以活下去，比她们做得更好。"

邱晴忽而落下泪来。

同样的跳舞事业，今日与昨日的包装全然不同，经营手法也趋现代化，邱晴把管理科学搬出来应用，设立一套较为完整的制度，吸引优质职员。

就是在这个时候，邱晴发觉前来应征的女孩子不但受过教育，且思想成熟。

记得她在这个年龄，还努力把整个世界分成光暗两面，总希望阳光照到身上，新一代思想完全不同，她们只有目的，不理青红皂白，要光的时候，信手开亮电灯，要多大的电伏都有，再也没有人问：像你这样好好的女子到这种地方来干什么。

邱晴发觉全市各行各业的人都志同道合急着要在最短的时间内赚得最高的名同利，走捷径当然要不择手段，付出代价，假面具通通卸下，交易直接赤裸，不下于她那一行。

邱晴把母亲与姐姐的照片放大搁在写字台上。

现在，女孩子看到案头银镜框内镶的照片会说："这是谁？服装美极了，似齐格菲歌舞团。"她们再也想不到，那个地方叫新华声。

除却心伟，也只有白色开篷车主能与她谈心事。

他仍把她载到山顶去看雾港。

她笑说："你不换掉这辆老爷车？"

他反问："你为什么不搬到山顶？"

"有这个必要吗？"

"就是没有。"

开篷车的主人现在是一家建筑公司的合伙人，每日工作超过十五个小时，创业期间，不是常常有空到山顶来逛，他与邱晴的见面时间不多。

过去，年轻男女视感情为大业，再没有可能，也得为恋爱而恋爱，什么都可以抛在一边，沉醉在对方的音容里。

新一代想法大大改变，人们的精神寄托由感情转到工作上去，一般的想法是有健康有事业就不怕没有伴侣。

这样理智，其实丧失不少乐趣。

邱晴忽然说："能够纵容私欲，最最快乐。"

斐敏新笑。"你看上去不像是一个有私欲的人。"

邱晴微笑。"怎么没有。"

"至少你从来没有提起过。"

"你抽不抽得出整个星期的空？"

斐敏新诧异地说："那要看是什么事。"

邱晴的目光看着远方，嘴角仍然挂着那个笑容。"我的私欲。"

斐敏新欠一欠身。"没问题，你把日期告诉我，我一定到。"

邱晴约了斐敏新去探朱家外婆。

蒲东乡下，春雨连绵，大片稻田，阡陌窄窄，把时光带返十八九世纪，邱晴有备而来，穿着黑色胶底靴子，泥泞溅起，大衣沿脚斑斑点点，她用一方丝巾当雨帽，斐敏新打着大黑伞披着晴雨衣跟在她身后。

一整个星期的假！多么奢侈，他没想到他会到这里来，见什么人，晚上宿在哪里，一概不知道，他很少发问。看得出邱晴最欣赏的也是这一点潇洒，他一路上维持缄默。

邱晴原以为朱家外婆住在矮房子里，到了目的地，发觉是幢大砖屋，气派宏伟，外墙足有三五米高。

一进大门，邱晴便看到院子里那棵大槐树，怕得两人合抱，枝叶连天，怕已有百岁寿命。

她转过头来，同斐敏新说："我们也在这里住下来算了。"

邱晴这些年来与斐君的对话，重意不重质，只讲感受，不提事实，斐君早已习惯。

老实说，香港出生的他再也不觉得乡下有什么好处，早已留意到左右除却这一幢大屋什么都没有，不要说7-11便利店或超级市场，连小市集也看不到，日常用品更不知要到什么地方去采办。

伊之面色便大大不以为然。

自幼在城寨长大的邱晴习惯要水没水要电没电，近年她最渴望心灵平安，不知怎的，一走近槐树荫顶范围，她便觉得心中无限平静。

有三个儿童迎出来好奇地探望。

邱晴扬声："外婆，外婆。"一边飞奔着进去寻人。

斐敏新只是紧紧跟在她身后。

房子间隔深且远，回声处处，邱晴一间间寻过去，对这地方就像回到自己家一样，终于她听到有人问："是小晴来了吗？"朱家外婆在走廊另一端出现。

斐敏新目光本来四处浏览，老妇出现，他看到一双精光四射炯炯有神的眼睛，呆在当地。

那精光随即隐没，只见邱晴拥着她说："讲好来住一两个月，结果一两年还不见回来，不守信用。"忽然之间，她变成小孩子一般。

这一厢有三个房间，地方宽敞通爽，点汽油灯，傍晚，小小青绿色蜉蝣不住扑向灯火。

朱家外婆说："屋子终于发还给朱家，我是正式承继人，已经办妥一切手续。三十年前逃难南下，三十年后回归祖家。我在这里出生，也打算在这里终老，前两天刚在想，只牵挂邱家小晴，心内牵动，没想到你却来了。"

"我感觉到你叫我，外婆。"

朱家外婆看着斐君微笑："这是谁呀？"

听消息，邱晴知道外婆已不打算回到大都会生活，一时十分惆怅，无暇回应。

斐敏新连忙答："我是邱晴朋友。"

朱家外婆忽然说："你会对她好，但可惜有缘无分。"

斐敏新有点尴尬，低头不语。

邱晴像是没有听见，自顾自说："我也想在这里终老，多平静，山中无岁月，春尽不知年。"

朱家外婆笑起来："你还没开始做人，就打算退休？"

斐敏新自问放不下，十年寒窗，他刚聚精会神预备来一个十年奋斗，分秒必争，锱铢必较，睚眦必报，无论怎样都不会到深山隐居，于是亦陪着朱家外婆笑。

邱晴深深叹一口气。

"回去吧，还有大事等着你去做呢。"

"外婆，原来我想来接你回去，新房子已经盖好。"

"房子我早就转写你的名字。"

"哎呀。"

"城寨就是这点好，不讲差饷、地税、厘印，不必通过律师转名。"

邱晴微笑，朱家外婆一派职业妇女口吻，谁说不是，她一生没有靠过异性，独立安排自己生活到老。

邱晴不知多佩服她。

"尽快回去吧，乡下生活不适合你们。"

扑向灯火的蜉蝣已由草青色转为黄褐色挣扎死亡，但是新鲜翠绿的一群接一群又急急飞入。

斐敏新征求她的意见："吉普车会等我们到十点钟，你要不要走？"

朱家外婆已经替邱晴拿定主意："快走，快走。"

斐敏新松下一口气："我到广场走走，二十分钟后回来出发。"他完全不想知道邱晴的隐私。

朱家外婆低声同邱晴说："你现在也做得很大了吧？"

"现在时势不一样了，外婆，这话是姐姐说的：金钱面前，人人平等。"

"我听说人家叫你邱老板。"

邱晴失笑："你什么都知道。"

"麦裕杰的人告诉我。"

"他想到美国去发展，把香港的公司交给我打理。"

朱家外婆凝视着她。"我相信你能胜任。"

邱晴与她紧紧相拥。

"快出去吧，人在外头等你。"

邱晴迟疑着，拖延着时间，分明想说什么，又开不了口。

朱家外婆终于不忍，缓缓告诉邱晴："他会同别人结婚生子，他不会娶你。"

邱晴一怔，低下苍白的脸。

"但这无碍你们的感情生活，你会做他的红颜知己直到老死，他深爱你且支持你。"

"只是这样，外婆，只是这样？"

"这已是最理想的结局，小晴，你还想得到什么？"

她不甘心："你怎么会知道我们的命运？"

朱家外婆笑了："你们的命运全部写在脸上，只消识字的人读出来。"

她伸出手轻轻抚摸邱晴的面孔。

邱晴轻轻伏在她膝盖上，过一会儿，才站起来离开。

斐君在院子里等她，听见她的脚步声，转过头来，伸手指一指天空。"看。"他说，邱晴抬起头，看到一轮明月挂在宝蓝色的夜空里，月亮里的吴刚正在砍他的桂树，玉兔在一旁，仰起头看着碧海青天夜夜心的嫦娥。

邱晴打了一个冷战，让斐君轻轻拥着她的肩膀离开了蒲东乡下。

在归途，斐君说："邱晴，要是你愿意的话，我们或许应当结婚。"

邱晴一怔，几乎要说好。

但是她说不。又急急找借口："你对我一无所知。"又说，

"我们两人都忙。"想一想，觉得太薄弱，终于有力地说："家势高低差太远了。"十分感慨。

斐君不语。

邱晴总结说："不。"懊恼得紧紧握着双手，这个不是说给她自己听的。

斐君抚着她的双肩："没问题，我们另作打算。"

回到都会中，她向公司报到，麦裕杰握着酒瓶自顶至踵地打量她："可曾度过好时光？"

"同你的想象有点出入。"她放下公事包。

"我的想象力一向不算丰富。"

"太谦虚了，你宝刀未老，只是脱节，思想逗留在 20 世纪 60 年代不肯前进。"

麦裕杰讪笑："我照样知道你同任何人不会有结果。"

邱晴到底年轻，一时气盛，回他一句："彼此彼此。"

这句话似箭般戳痛麦裕杰，他喝一口酒，轻轻说："年轻的女子恁地残酷。"

邱晴也有歉意，她倔强地回到自己办公室，关上门，处理账目。

半晌，才发觉打开的是夜总会最新的酒牌。

邱晴一手把桌子上所有的文件都打到地上去。

一连好几日她都不去见他，只听得外头的小姐们说舍不得老板离去，他比较好说话，有事去请求他，他总是沉默地聆听。在他幽暗的办公室内，老是有股酒香，她们坐在他对面说着说着，忽然被自己的故事感动，那苦况越来越真实，很少有不落下泪来的，终于，说完了，心里也舒服了，老板通常会在这个时候答应她们的要求，掏出支票簿来，对，没有什么纷争急难是支票簿不能解决的。

比较起来，小姐们不那么喜欢邱晴。她太过理智，办公室内一盏顶灯自天花板打下光，脸上一痣一纹无所遁形，还有在她那炯炯目光逼视之下，所有借口变得支支吾吾，真话都似假话，不说假话好似划不来，见邱小姐变了大难事，不到生死关头不想去见，偏偏她又不刻薄人，又没理由离职。

如今麦老板要走，女孩们心里忐忑。

"他在三藩市朗白街买下好几个单位，那地方在电报山上，俯视整个海湾，只要他吹一下口哨，我就会跟着他走，别笑我似小狗，我已经飘浮得极之疲倦。"

"他可不要你，他等的是邱小姐，据说自她十二岁就开始等，他喝那么多也是为着她，可是两人一见面就吵架，没有理由可以解释。"

生意又好起来。

顶好的白兰地一箱箱打进来，水一般灌进客人肚子里，邱晴在巡场的时候发觉只有她拥有不醉的眼睛，其余每一个人都昏昏然快活无比——她没有问，想必是欢喜的，她听到他们笑。

白天她起得很晚，住在全人类不置信的地方，旧房子经过改建，近东头村看上去，好像只得五层高，实则是一幢幢十层大厦互相连接，城寨的地势低，东头村地势高，大厦的五楼，与东头村平行。

这个时候，麦裕杰已经搬到郊外，往返市区超过大半个小时。邱晴去过那个地方，客厅长窗像是连接大海，白色浪花似随时会溅进来，大理石地板上只摆着简单家私，气派大方得把麦裕杰的过去擦得干干净净，一点渍子不留。

只除却一张照片。

那是邱雨多年前自己跑去拍的结婚照片。

客人们不好意思细细研究，只道披着婚纱的女子是邱晴，外人看来实在像，照片黄黄，近来流行复古，刚刚好。

麦裕杰没有忘本，他把照片放在华厦最当眼的地方。

收拾行李往三藩市的时候，他把银相架放入手提行李中，没有这个女子拉他一把，他就没有今天。

他没有去过邱晴的家，只是说"你觉得舒服便好"，各人有各人的毛病，各人有各人的苦处，各人有各人的意愿，邱晴始终没有搬出来，一定有她的理由，那小女孩一直都是怪怪的。

临走之时，他请邱晴在家里吃饭，两个人都几乎已臻化境，不食人间烟火，满桌佳肴，碰都没碰，邱晴连筷子都没有举起来。

邱晴穿着白衣白裤，站在近海的窗前，似一幅图画。

麦裕杰笑说："人人都老了，只剩你。"

她没有转过头来，轻轻说："你应该看得见我眼角尾纹。"干笑两下。

没有，麦裕杰只看见她的纤腰，她与她姐姐都有细腰，似一个 V 字自肩膀直收下来，无论衣服多宽，异性总能留意到这个诱人的优点，尤其是此刻的女孩都没有腰位，身材再好不过圆滚滚，一见小腰身，特别觉得难能可贵。

"到书房来陪我喝一杯。"

麦裕杰的家居然有书房，邱晴忍不住笑，一抬头，看到长窗玻璃上反映着自己的面孔，嘴角弯弯向上，由此可知，身后的麦裕杰也看到了，邱晴觉得不好意思，连忙低下头转过身去。

一不留神，她差点撞到麦裕杰怀里去，他扶住她，两人面孔太过接近，邱晴的上身只得往后一扭，腾出空间，麦裕杰双手顺势握住她的腰。

他忽然想起少女时期的邱雨，她与他调笑的时候，时常出现此情此景，该刹那，他是多么想念她。

麦裕杰轻轻松开手。

他取过水晶酒杯，抱着它拉开书房门。

这是一间任何学者都会引以为荣的书房，架子上的书分门别类，排放得整整齐齐，俨然小型图书馆，桃木大写字台，皮制会客沙发，一角放着地球仪与月球仪，墙上挂着卫星拍摄的最新世界大地图。

麦裕杰的书房。

邱晴知道许多真正的学者在蜗居内温功课，日子久了，颈缩背佝偻做梦也没想过可以有这样的书房。

她又笑了。

书桌上一台小小彩色电视正在播放新闻。

麦裕杰斟出酒来。"这人是谁？"他看着电视上的讲者，"有点脸熟。"

邱晴留意一下："他叫马世雄，记得这个人吗？"

"呵，他，看样子像升上去了。"

"是。"邱晴微笑，"恐怕我们的酒会已经请不动他了。"

"你请他怕他还是会来的。"

"你老以为每个人都要买我的账。"邱晴温柔地说，"与事实很有出入。"

麦裕杰笑半晌，没有出声，伸手关掉电视。

他问邱晴："你会来探访我吗？"

邱晴喃喃说："三藩市电报山。"

"我部署妥当后派人来接你。"

"你切莫过分激进。"

麦裕杰没有回答，邱晴转过头去，发觉他抱着酒瓶，已经窝在沙发上。

她轻轻取过瓶子，抱在他怀里久了，瓶身怪温暖的，她嘘出一口气，扶他躺下，领口纽扣松开，露出小小的胸膛，邱晴又看到他的文身，那恰巧是龙的头部，依然栩栩如生，张牙舞爪，一点都没有褪色。

邱晴怔怔看一会儿，仍替他扣上纽扣。

她悄悄地走了。

第二天一早她同公共关系公司代表开会研究宣传计划，竞争激烈，夜总会一般要登广告搞节目以广招徕。

公关公司派来一中一西两个年轻人。

那金发碧眼看到规模不小的夜总会竟由一妙龄女子来主持，忽然受了绮惑，坐在那里，身体语言，眉梢眼角，露出无限风骚之意，颇为不堪。

邱晴只装作看不见。

会议完毕那华人用粤语识趣地向邱晴说："对不起，下次不用他来了。"

邱晴微笑："很好，那我不用换公关公司了。"

那年轻人诚惶诚恐地答："是是是。"

奇怪，都没有人再怕他们是捞偏门的人了。

邱晴想起母亲同老师诉苦："我知道家长们传说我是舞女，不允子女同我孩子来往……"

她没有活到今天真是可惜。

有人自她身后伸过手来绕住她脖子，邱晴笑："心伟，别开玩笑，我的柔道足够把你摔到墙角去。"顺手一甩，果然，贡心伟一个踉跄，险些站不稳。

"什么时候练的好功夫！"

"你怎么到这种地方来。"邱晴责备说，"有事约我在外头见不就行了。"

"你没有毛病吧，我有几个同事晚晚到这里来进贡，我为什么来不得？"

邱晴怪不好意思地笑，她那 20 世纪 60 年代养成的封建思想转不过来，宣之于言。

"好消息不能等，我急急来告诉你，爹爹回来了。"

邱晴代贡家松口气，拍拍胸口。"好好好，贡伯母这段苦日子挨完了。"

"爹预备重整旗鼓，这番有金山的亲友支持他。"

"替我问候他。"

"母亲要见你呢，无论如何叫你赏光来吃一顿饭。"

邱晴看着心伟。"伯母何用客气。"她还想推辞。

"今晚等你。"他转身就走。

"喂，多说几句话也不行？"邱晴追上去。

"有人等我。"

邱晴领会，忽而笑了。"那我更非看清楚不可。"

她跟着心伟出去，夜总会对角是一家书店，隔着玻璃橱窗，邱晴见到一个脸容清秀姿态潇洒的女孩子正在聚精会神地选购书本，她没有发觉他们兄妹俩。

邱晴十分满意。"她干哪一行？"

"敝校英文系的助理讲师。"

邱晴悄悄说："太好了，心伟，我真替你高兴。"

贡心伟笑道："你们对我好似通通没有要求。"

"不不不，我最喜欢这个类型的女孩子，你看她，宽袍大袖，何等洒脱。"邱晴是真心的。

邱家的女人实在太像女人，异性总有点不尊重，她们像是无意中把男人最坏的一面勾引出来。邱晴一直羡慕光明磊落、爽朗活泼的女子。

"她叫什么？"

"让她自己来告诉你。"

邱晴想阻止已经来不及，心伟伸手敲敲玻璃，里边的女孩听见声响抬起头来，看见心伟，立刻笑起来。

邱晴已经决定喜欢她。

心伟拖着邱晴进店去。

那女孩立刻伸出手来。"我叫程慕灏。"

邱晴与她握手。

心伟说:"这是我妹妹邱晴。"

邱晴有点别扭,两只手似没有地方放。

程慕灏活泼地张望她一下。"心伟老说妹妹美,我都有点疑心,这下子又觉得心伟形容不够切实。"

邱晴说不出话来,只是笑,心伟见她这样激动,搂着她笑说:"今晚见。"

邱晴猛地想起来:"是,我还要回办公室。"

这才撇下他们一对,赶着回去。

会客室里坐着一个衣冠楚楚的陌生人,秘书向她解释:"王律师说有要事等你,没有预约。"

邱晴自幼出来闯关,遇事有第六感,她看着王律师一会儿说:"请进来。"

把他领进办公室,轻轻关上门。

"你代表谁?"

"蓝应标先生。"

邱晴小心翼翼地说:"我不认识此人。"

"这点不要紧,蓝先生上星期一在东京故世。"

邱晴耳畔"嗡"的一声。

上星期一，至今差不多已九天了，邱晴悲恸起来，双目泪水浮转。

她一语不发，跌坐在办公椅上。

邱晴用手撑着头，按下通话器，向秘书吩咐："请速找麦老板，请他回公司来。"

王律师说下去："我代表蓝先生公布遗嘱。"

邱晴听他说。

"他把他名下一家酒廊一家歌厅赠送给你。"

邱晴不语，暗暗伤感。

王律师说："你无须认识他也能承继他的遗产，这是我们的地址，邱小姐，你随时可以过来办手续，约一年后你便可以正式接收。"

"我可有选择？"

王律师答："何必拒绝长者临终之时一番好意，邱小姐做这行这样出色，有口皆碑，可见蓝先生眼光过人。"

"生意一直由谁打理？"

"蓝先生的朋友。"

接着是好几分钟的沉默。

王律师见邱晴无话，便放下文件，站起来告辞，他向邱晴微微一鞠躬。

邱晴亲自把他送到门口，唤司机送他一程。

她静静回到办公室里，一言不发，过一会儿，唤人送一小杯白兰地进来。

喝到一半，有人推门进来。呀，小事上出卖了麦裕杰，他始终没有学会礼貌这一门学问。

邱晴抬起头来。

他坐在她对面。"恭喜你快成为这个行业的巨子。"

邱晴说："这并非你心中的话。"

"当然不是，小晴，你若不适可而止，就永远不能过正常的家庭生活。"

邱晴一怔，她不知道他也知道做普通人多幸福。

"我还以为你会结婚，那人叫什么，曾敏新？抑或是斐易生？"

邱晴不去睬他。

麦裕杰说下去："婚后你总得跟他走进高贵美丽的新世界里去，飞上枝头，把我们这些人撇下不理，即使狭路相逢，也会说声'先生你是谁，我不认识你'。"

邱晴诧异地说："杰哥我从来不知你有这样伟大的创作

天才。"

麦裕杰看着她："小晴，我俩针锋相对好几年了。"

"对不起，杰哥，人总得保护自己。"

"你小时候爱过我。"

邱晴莞尔。"真的，孩子时什么都爱得一塌糊涂……洋娃娃、新衣裳、巧克力糖、过年、看电影……世界多美好，没有瑕疵缺点，吃了亏哭一场也就完了。"

麦裕杰反问："你急召我来干什么，你不再需要我。"

"我一时忘记这点。"

麦裕杰叹口气，把她桌上剩下的白兰地喝净。

他说："我肯定你会成为本行的人才。"

邱晴却说："杰哥，你再不戒酒，我也肯定你会拥有一个肿胀的肝。"

"你看，你一定比我成功。"他讪笑，"你有学问，你有常识，再加上你不爱任何人。"

"杰哥。"邱晴站起来恳求，"你快要走了，我们不要争执。"

麦裕杰只是笑："真是，谁叫我爱你呢。"

邱晴并不知道不爱任何人有这般好处，想想也是，不然的话，晚上怎么能够心平气和穿戴整齐了前往贡家做客，有这般好处，她几乎决定永远不爱。

贡先生先迎出来。

他胖许多，眼角有点浮肿，精神倒还不错，一直感激邱晴在他缺席时照顾他的家，感恩是老式人的美德，邱晴默默接受。

她利用这个机会，缓慢但清晰地问："贡先生，我小时候就已经见过你吧？"

贡健康今夜与家人团聚，精神松弛，不设防之下顺口而出："你与心伟刚刚出生，真是可爱，本想两个都要，奈何你母亲不舍得。"

话说出口，很肯定是讲错了，一时又不知道错在哪里，连忙留意邱晴的神色，见她仍然笑眯眯，才略略放心。然而已经有点不安。

邱晴说："心伟与我都长得像母亲？"

"嗯，嗯。"他已有防范之心。

邱晴笑了，忽然伸出手来，握住贡健康的手。"你仍然不肯告诉我？不要紧的，你说好了。"

贡健康把手挣脱，惊疑地看着邱晴。

"你是我的父亲对不对？"

贡健康愕在那里。

邱晴微笑。"你以为就你一个人知道！"

贡健康不出声，隔一段时间，他才用干而涩的声音说："我太太全不知情。"

邱晴忍不住笑出声来，幸亏他俩单独坐在露台上，没有人听见。

邱晴轻声反问："贡太太不知情？"

贡健康急急地说："当然，她是老实人，她只知孩子是抱来的。"

邱晴笑答："我坦坦白白告诉你，贡先生，她是第一个知道这件事的人。"

"她知道？"贡健康手中的啤酒泼出一半来。

邱晴感喟，老式女人有的是涵养功夫。

只听得贡健康嚅嚅说："是，她知道。"他低下头，"二十多年来她一句话都没多过，可见是知道的，她不想我疑心，是以装作没事人一样，这是我们之间的秘密。"

"让它继续成为秘密好了。"邱晴拍拍他的手。

"心伟知道吗？"

"你看他多快乐，管他知不知道。"

"你呢？"贡健康双眼红了，"你怎么样？"

"我好得不得了，贡先生，你看我，我不会叫你失望。"

"你母亲不肯跟随我——"

"嘘，贡先生，他们出来了。"

贡太太张望一下。"你们讲完没有，心伟的女友来了。"

邱晴笑道："就来。"

待贡太太走开，她转问贡健康："你在什么地方结识我母亲的？"

"一家叫得云的广东酒楼，她在那个地方沏茶。"

邱晴站起来，走到客厅去，挺一挺胸膛，笑着招呼说："心伟，程小姐在哪里？"

早知她也不拆穿，到底年轻，没有修养，事事寻找答案，一定要追究为什么。为什么？为什么不？

她歉意地往后望，贡健康靠在露台栏杆上，她为他添了桩心事。

每个人都是知道的，不然她哪能这么容易登人家的堂入人家的室。

心伟笑着出来，一手拉着程慕灏。"我说她幸运，她还不信。"双眼看着女朋友。

邱晴忍不住说："怎么不幸运，贡太太是最好的母亲，将来也是最好的婆婆。"

一转头，发觉贡太太就站在她身后。

邱晴搂住她肩膀。"贡太太对我最好。"

程慕灏笑："那是因为你可爱呀，伯母也许看我不入眼。"

贡太太暗暗落下泪来。

总得有牺牲，邱晴想，没有人的快乐可以完全。

心伟说："母亲今日高兴极了。"

邱晴说："你要好好对待母亲呀。"

心伟说："我一切以母亲为先。"

程慕灏笑嘻嘻："那我与姐姐结伴。"

她拉着邱晴的手，一直走到书房里去，攀谈起来，她比邱晴小两岁，家里只有一个哥哥，还在念博士学位。父亲在大学里当舍监，最记得贡心伟这个顽皮学生。

还有，她最喜欢的花是栀子花，最喜欢的颜色是淡蓝，最喜欢的作家是费兹哲罗[1]，最喜欢的蜜月之地是波拉波拉岛。

---

[1] 费兹哲罗：疑为菲茨杰拉德。

邱晴静静聆听。

她喜欢程慕灏的声音：清脆、活泼、天真、充满憧憬，邱晴希望她也有那样的声音，不然，怎么能走进那样愉快的世界里去。

邱晴仍然吃得很少。

饭后她率先告辞，她走后贡健康才可以抬起头来。

心伟说："我送妹妹下去。"

宇宙夜总会的车子已在楼下等候，邱晴却没有即时上车，她靠在心伟的肩膀上良久。

她看着兄弟说："我俩都算幸运。"

心伟与她心灵相通。"是的，我俩有惊无险。"

她拍拍他的肩膀，刚要走向车门，贡心伟拉住她。"你都知道了吧？"

邱晴诧异地抬起头来。"知道什么？"

心伟看不出一丝破绽，不好开口。

"父母亲与女朋友都在楼上等你，贡心伟，很少有人得到如你那么多。"

她登上车子，吩咐司机驶回家去。

那夜，邱晴发觉炎夏又将来临，可怕啊，汗流浃背的热，就算静着不动，体内也会不断渗出汗来，令人一边擦汗一边叹息，每一个地方都反射着阳光，刺痛眼睛，直至立秋，暑气都丝毫不减。

邱晴坦然接受夏季，她觉得是一种治疗，以毒攻毒，活得过每一个夏季，都是一项胜利。

这个夏季特别长，她送麦裕杰上飞机赴三藩市，又到东京郊外给蓝应标扫墓，心伟又在这个时候订婚，她还想抽空与朱家外婆见面。

麦裕杰笑着对她说："别把我产业蚀光。"

有一个艳妆红衣女，老跟在他不远之处，邱晴假装看不见。

他最怕寂寞，乘飞机短短的时间，也要人陪，他当然也一直找得到人。

麦裕杰摆摆手，与红衣女走进关口。

邱晴刚欲离去，他又出来叫住她，这时他再也忍不住，把邱晴紧紧抱在怀里，将她的头按在他胸膛里，他的下巴，枕着她头顶。

邱晴刚洗过头发，一阵海藻似的香味若隐若现触到他鼻端，他感触良多，忽然记起他已失去生命中最宝贵的人，不禁落下泪来。

邱晴掉转头安慰他："我们一有空便来看你。"

红衣女也出来，静静等候一旁。

邱晴这才看清楚她的面孔，肯定她比自己年轻，五官可说是佳，身材绝对是优。

她的表情平和，邱晴与她交换一个有默契的眼神。

邱晴很放心，这女郎会照顾麦裕杰，借此换取护照、恒产、现款，有天分的话，还能借此扬名立万。

邱晴别转头离开飞机场。

麦裕杰这一走，她就真正与往事切断，旧世界里的人，一一离她而去。

麦裕杰说得好："你比我们无论哪一个都更懂得照顾自己。"

他说得对，姐姐要是活到今日，也一定学会了自爱的秘诀。

人一生只配给得一具皮囊，与之厮混纠缠数十年，躯壳遭到破坏，再伶俐的精魂也得随它而去，不能单独生存，看穿了这一点，不自爱是不行的。

邱晴已决定要活到耄耋。

她缓步走向飞机场的停车处。

有人在那处等她。

邱晴看到他，很客气地说："郭先生，有什么消息？"

小郭拉开车门让她上车，把车子驶出停车场，他说："得云酒楼，在20世纪50年代的本市是一家颇出名的饮宴场所，分两层楼营业，湾仔一带，无人不晓。"

"今日还在不在？"

"地皮当然在。"小郭笑笑，"酒楼已经拆卸，此刻的大厦叫原宿百货公司，沧海桑田。"

"啊，那里，那附近有一座桥。"邱晴想起来。

"是，叫鹅颈桥。"

"我仍想到彼处去看看。"

"没问题，我们此刻就去。"

"谢谢你，郭先生，你做得很好。"

小郭欠一欠身，缓缓说下去："得云酒楼的格局与上环的陆羽相仿，你总去过那里吧，已经成为一个名胜，木地板擦得干干净净，铜扶手铮亮，墙上挂着各式镜框字画，招待拿着大水壶来冲茶，还有，晚上有粤剧演唱。"

"我知道，家母做什么职位？"

小郭不语。

邱晴自然猜到，她微笑，有姿色的女子，名义上无论是什么身份，实际很难躲避异性的纠缠。

小郭把他小小的旧车停在附近马路，与邱晴走进百货公司的电梯，下降到地库。

邱晴问："这里，就是这里？"

"还没到。"小郭胸有成竹。

地库是百货公司的茶座，邱晴觉得小郭蛮有心思，静静挑一张角落椅坐下来。

小郭买一杯冰咖啡给她，所费无几，一样香甜可口，沁人心脾，邱晴一口气吸进半杯。

他身后有个人，小郭说："这是得云酒楼当年的厨房清洁工人周女士，她一共做了十年。"

邱晴抬起头，看到一位身材胖胖六十岁左右的中年妇人，呵，小郭找来了活的见证。她感激地看着他，一时语塞。

小郭说："周女士愿意回答你的问题。"

他们坐下来。

那妇人很和气，小郭大约与她讲好，是以她静静等候问话，但邱晴一时不知如何开口。

终于她问:"你可记得邱小芸,当年约二十岁,相貌与我差不多。"

周女士端详她,然后笑了。"得云的女招待都很好看,全部大眼睛小嘴巴,老板娘精心挑选的嘛,生意好小费多,不怕没人做。"

邱晴不甘心,把随身带着的小照片取出给她看:"这是邱小芸,你完全不记得她?"

周女士特地取出老花眼镜细细查视照片,她说:"没有印象。"

邱晴十分失望,过一刻她又问:"女侍的生活可好过?"

周女士答:"她们都有固定的客人。"

邱晴已不知如何问下去,她额角冒出冷晶晶的汗珠来。

她不着边际地问:"当时最红是谁?"

"一个叫冼艳丽的女孩子,后来入了戏班,又拍起电影来,成为大老倌,喏,后来就叫——"

邱晴听完掌故,半晌再问:"但是你不记得邱小芸。"

周女士摇摇头。

小郭这个时候取出一张照片,他淡淡地说:"但是你认得出这个人。"

邱晴一看，照片是贡健康的近照。

周女士说："当然，这是贡先生。"

邱晴忍不住问："女招待你不记得，反而记得客人？"

周女士答："贡先生不是普通客人，他是老板娘的侄子，老板娘本人也姓贡。他自幼常来得云酒楼，最爱吃灌汤饺子，后来娶了老板的外甥女，亲上加亲，很得老板娘钟爱，直到得云拆卸之前，他还常常来，我当然记得他。"

邱晴看小郭一眼，无限凄酸，低下头来。

小郭又说："这就是你老板的外甥女吧。"他又指着一张照片，照片中是贡太太。

周女士说："是，这是区小姐。"

邱晴茫然，没有人记得没有身份地位的邱小芸。

周女士说下去："张老板在得云拆卸后便举家移民，听说老板娘私底下资助侄子做建筑材料生意，贡先生很发财。"

全部细节都有，就是完全不记得邱小芸。

邱晴不服气。

小郭看得出来，他把一方雪白的手帕递给她，邱晴用来印一印脸上的汗。

周女士说："我所知的，不过这些，呵，对，听说后来区小姐好似养了一位公子。"

沉默许久邱晴才说："谢谢你，周女士。"

小郭对她说："你可以走了。"

他送周女士出去。

邱晴握着那一方手帕怔怔出神，直到小郭回来。

他温柔地问她："没有不舒服吧？"看得出他是尊重女性
的君子。

邱晴说："还可以。"

"把你所知的片段串联起来，不难得知故事大概。"

邱晴喃喃地说："母亲那时已经生下姐姐。"

"不错。"

"贡健康是在婚前抑或婚后认识我母亲？"

小郭答："推想是在婚前不久。"

"对。"邱晴说，"叫他脱离邱小芸，是以资助他做生意，
这是条件之一。"小郭不予置评。

邱晴低声说："不知道想知道，知道后才后悔知太多。"

"那么就到此为止好了。"小郭说。

"你常常这样劝你的客人吧？"

小郭点点头："过去的事情知来干什么呢？将来永远比过

去重要。"

"郭先生,这是我的身世。"

"今日世界可不理会任何人的身世,你的成就有多大,你便有多大,谁会吹毛求疵来看你身世配不配得上你的成就?即使有这等人,何用理会。"

邱晴低头答:"是,我也知道,我只是好奇。"

"我送你回去吧。"

他们离开地库,走出百货公司大门,阳光刺到邱晴双目,她才明白,什么叫作恍如隔世。

小郭的车子违法停泊,前窗水拨上已夹着两张告票,小郭毫不动容地把它们放进口袋里。

邱晴十分欣赏他的洒脱,因而问:"郭先生不知有无知心女友。"小郭微笑:"我哪里有资格找对象。"邱晴不语,越是好的男人越是这样说。

"邱小姐想介绍朋友给我吗?"

邱晴忽而俏皮起来,看着他,笑道:"就我自己如何?"谁知小郭忽而涨红面孔,耳朵烧得透明,邱晴才后悔得低头噤声,没想到天下还有如此薄皮的男子,她又造次了。

可见打情骂俏,简直是一门高深的学问。

邱晴立刻支开话题："得云，为什么叫得云酒楼。"

小郭松弛一点，说："粤人性格很坦白直接，大约是喜欢得步青云吧。"

"啊，青云，不是红尘。"邱晴点点头。

小郭说："什么都好吧，邱小姐，祝你平安喜乐。"

邱晴用双手把小郭的手握得很久，小郭的面孔又涨红了，她才下车走进夜总会大门。

之后她就发觉，天生明察秋毫，也许是全世界最不愉快的事之一。

斐敏新的态度改变得很细微，可是在她眼中，却最明显不过，她要失去他了。

她没有拨出足够的时间，她没有加重他的分量，她也没有给他将来，他渐渐不感满足。

终于，在三十岁生日那天，他同她说："大人希望我成家立室。"

邱晴微笑："你有对象了吗？"

"我有你。"

"假使你要结婚，那人便不是我，我不能给你做好妻子的虚假允诺，我一天在家的时候少过五小时。"她看着他，"我

不打算生育孩子，我对生命抱着非常悲观的态度，还有，我
做的是长期性夜班工作。"

这都是真的，斐敏新把脸埋在她手中。

"但是。"邱晴低声说，"我会是你最好的朋友，我这里永
远有最香醇的酒，最曼妙的音乐，最了解你的人，还有，没
有明天的夜，可以逃避世俗的烦恼纠纷，你说怎么样？"

斐敏新犹疑着。

邱晴微笑。"男人最大的毛病是缺乏安全感，总想结婚，
非把好好的情人逼成黄脸婆不可，是什么样的心理？"

斐敏新苦涩地笑。

"我安于现时你我的良好关系。"

"给我一个机会。"

"邱家的女子，从不结婚。"

斐敏新看着她。"我真的无法说服你？"

"你不会失去我，我总是在这里，我什么地方都不打算去。"

就这样完结了他们的谈判。

邱晴送斐敏新离去的时候在走廊恰遇宇宙最红的姑娘
弟弟。

弟弟诧异地问："他还会回来吗？"

邱晴看着斐君的背影不假思索地答："他当然会，他们全部都会回来，这是我们的生意我们的专业。"

弟弟耸耸肩，拉起她银灰色的塔夫绸裙子一点点，婀娜地走向客人的台子。

邱晴回到办公室，同秘书说："给我拿瓶香槟进来，还有，上次那经纪送来的多伦多地产资料，也一并取给我看，然后你好下班了。"

秘书问："有什么需要庆祝的吗？"

"有。"邱晴温和地答："我们活着，而且健康。"她侧着头想一想，"而且不算不快乐。"

是不是真的，除却她之外，没有人知道。

邱晴一直神色自若，没有露出半丝忧伤。

人面这样广，业务这样忙，交际自然紧张，邱晴正式接收蓝氏名下物业，立即着手重新装修，仍然做男人的生意。

男人一直嘲笑女人的钱易赚，一进时装店如进迷魂阵，呀，但他们也自有他们的弱点。

下午，邱晴巡视地盘回来，脱下球鞋，换上高跟鞋，秘书报告说："三件事。弟弟闹别扭；政务署有人想约见你；还有，大香江夜总会在报上刊登全页广告诱我们小姐过场。"

邱晴眨眨眼。"我有种感觉，这个城市几近疯狂边缘。"

秘书叹口气："已经疯了。"

邱晴笑："那多好，我们盼望的一日终于来临，叫美林广告公司的人马上赶来，我们要立刻还击。"

秘书追问："弟弟那里呢？"

"要什么给她什么，要我的头我自己动手切下来。"邱晴冷笑一声，"这等无情无义的人，片刻待她不红了不烫了，她提着她的头来见我，也不管用。"她拉开房门，"对了，政务署哪个官？"

"姓马，叫马世雄。"

他来的时候，她管他叫世雄兄。

他像是极之迷惑，有点不相信十多个年头已经过去，从前那小小邱晴今日又高又健美。

她由衷地热诚，把新送到的白酒开瓶让他先尝，舒泰地叙旧。

"结婚也不请我们喝喜酒。"邱晴假设他已成家。

"我仍然独身。"

"你的收入那么稳定，照说最受丈母娘们欢迎。"

马世雄答："可惜不是娶丈母娘。"

邱晴笑半晌，才客气地问："今天不是路过吧？"

马世雄只觉她炉火纯青，明人眼前不打暗话，便说："你仍然不认识蓝应标？"

邱晴拍一下桌子。"世雄兄，你讲起旧事，我无法不提，你说怪不怪，我明明不认识这个人，同他一点瓜葛都没有。这位蓝氏年前在东京去世，偏偏把若干产业赠我，律师还告诉我，这种事常常有，所以说运气这种事是实在的吧，今天这两个铺位非同小可。"

马世雄看着她。"但是你仍然不认识他。"

邱晴的语气十分遗憾："对，我不认识他。"

马世雄不语。

"添点酒，果子味多么浓，喝了会做好梦。"

马世雄又说："麦裕杰我是认识的。"

邱晴笑："你要他的地址吗？"

"你可知道他为什么去彼邦？"

"他去退休，不是吗？他告诉我他要休息，难道还有别情？"邱晴笑，"再说，政务署也有调查科？"

"今次谈话，我代表我自己。"

"那叫我安乐得多。"邱晴拉开抽屉，捧出名片盒，"你第一次给我的名片，头衔比较可怕。"她给他看。

马世雄一怔，她把小小卡片保留到今日，可谓心细如尘。

邱晴说："做官升得快最需要过人才华，这样聪明的人为何对我念念不忘。"

"你的事一直困惑我。"

"愿闻其详。"

马世雄呷一口酒。"在黑暗的环境里活得这样舒坦，背后一定别有内情。"

邱晴只是微笑，不与他分辩，只是说："也许，我有夜光眼。"

"强壮的人都值得钦佩，我不怕把事实告诉你。"

邱晴哑然失笑，还有什么新鲜事是她不知道的？

"麦裕杰到三藩市为复仇。"

邱晴收敛满眼的笑意，面孔拉下来，她呷一口酒。

"那一夜，到俱乐部开枪的人，一早潜逃三藩市，麦裕杰一直没有找到他。"

邱晴放下酒杯，静静聆听。

"最近他才得到此人消息。"

邱晴道："他没有对我说。"

"他不想把你牵涉在内。"

邱晴抬起头来。

"那人地位已经不低，国际某一圈内很有名气。"

"多谢你的消息。"

"麦裕杰并没有忘记这件事，他一直上天入地寻找凶手。"

邱晴错怪他，她一直以为他抓着酒瓶搂着女人就再也不会想到从前的事。

"警方同他一样渴望把这个人揪出来，你猜他们会怎么做？"马世雄问。

邱晴眼睛一亮，合作。

"现在你知道我的消息来源了。"停一停，他说，"每一块拼图都有了下落，只除却我，我扮演什么角色？"

"你是我的老朋友。"邱晴笑道。

"真的。"马世雄说，"认识你的时候，大家都初涉足社会，什么都不懂，我们认识多年了。"

这个时候，办公室的门被人大力推开，进来的是弟弟小姐，她并不管室内有什么人，正在说什么，方不方便，反正都微不足道，在该刹那，在宇宙夜总会，她才是最要紧的人物，别人都可以退避三舍。

她开门见山同邱晴说："老板，这是我现住的房子欠银行的余款，三天内你替我供进去，一切照旧。"

邱晴面不改色地说："放下单子，我替你办。"

弟弟掷下一只信封，一阵风似的又刮出去，由头到尾没有正眼看过房内另外一个客人是谁。

她走了，马世雄叹为观止的表情令得邱晴笑起来。"这是新一代，后生可畏，跟我们以前的作风大大不同。"

"她的确长得好看，而且十分年轻。"

邱晴在心底嚷：邱小芸也年轻呀，邱小芸何尝不美！

她嘘出一口气。"社会现在富庶进步，每一行每一业都建立完善制度，不必揣摩试练，有一点点好处一点点噱头，即可鲤跃龙门，怀才不遇的时代终于过去。"

马世雄见她这样分析，不禁笑了。

"你看，你也已经不是吴下阿蒙。"

新闻片中的他已与洋大人并坐，谈笑甚欢，可见实在已经扎职。

邱晴说："快把这第一张卡片拿回去，忘记从前，努力将来。"

邱晴送他出去。

在门口，马世雄问："这一行没有淡季吧？"

"怎么没有，凡是家庭团聚日生意总差点，过时过节场面冷落，股市不景气，客人连玩都没心思，像一切行业，我们也很担心冒风险。"

马世雄一走，邱晴的脸就沉下来，她匆匆回到室内，吩咐秘书："找麦老板。"

秘书幸灾乐祸："弟弟这样的人，是该开除。"

她误会了。

一百个弟弟都不会响起邱晴的警钟。

秘书说："时间不对，麦先生在下午三时前不听电话。"

邱晴没有抬头。"你说是我找他。"

半响电话接通，秘书说半响，不得要领，邱晴忽然发作，拍着台子骂："同谁对亲家，唠唠叨叨，没完没了，把电话给我。"

她一把抢过话筒，直喷过去："同麦裕杰说，邱晴找他。"

那边是一个温和肯定的女声："邱小姐，这边由我做主，他好不容易睡了，我不想叫醒他。"

好一个意外，邱晴怔住，过半响不甘雌伏用同样沉着的声音问："他没有事吧？"

"他一向失眠。"

邱晴忍不住问："你是哪一位，我们有否见过面？"

"我们在飞机场见过。"

邱晴马上想起来："你穿红衣。"

对方非常客气地说："不错。"

"那么请你告诉麦裕杰，我在这个时候找过他。"邱晴放下电话。

秘书连忙低下头，假装什么都没有听见，什么都没有发生过。

邱晴从来不曾这样被冷落过，不是生气，而是彷徨。一直以来，她在麦裕杰跟前的地位不曾动摇过，她霸占着他，占为私有，从来没想过这个身份会被别人取而代之。

她十分震惊，过了一整个傍晚，方能长长叹一口气，带点凄酸味道，惆怅地承认事实：情况跟从前不一样了，她已退居第二位，这也许是麦裕杰离开本市主要的原因之一，他也希望开始过新生活。

邱晴的气平下去，那一丝淡淡的悲哀却拂之不去。

他已经栽培得她成人，功德圆满，不再欠什么，她已经长大，独当一面，在这个时候离开她，也十分恰当。

邱晴一人独坐，到夜总会打烊，她才离开，喝得醉醺醺，保镖一左一右跟她出去，拉开车门，侍候她上车，坐在前座。

麦裕杰在地球的那一边仍然没有睡醒，他没有复电话，多么长的一觉。

要待第二天中午，秘书方把电话接进来。

邱晴却不知道有什么话要说，那边已经有那么聪明机智的人照顾他，何用邱晴来殷勤叮咛关怀，她接过电话，咳嗽一声。

"小晴，对不起，这边的管家太过紧张，竟没有把我叫醒，你有要事？"

邱晴莞尔，真有要事，十个小时后早已爆炸燃烧，再也不劳他问候，她没有多话，只是说："昨日是姐姐生日。"

"对，你的昨日，是我们这边的今日。"

"我非常想念她。"

麦裕杰沉默，过一会儿他问："没有其他事？"

"没有。"邱晴语气平和，悄然引退。

"小晴，你一向最聪明。"他感喟，"最明白是非。"

最？不见得，那无名的红衣女胜她多倍。

邱晴说："好好照顾你自己，什么地方起，什么地方止，你要拿捏得准确，逢人说三分话就够了。”

麦裕杰笑："这好似是我教你的江湖守则。"

邱晴也笑："我等你的好消息。"

麦裕杰完全明白她说的是哪一件事，答道："我给你一个暗号，'黑马'。"

邱晴连忙暗暗念几遍，记在心里。

麦裕杰问："你还想知道什么？"

都是他把她宠坏，其实她哪有资格知道那么多，邱晴有种感觉，这个电话不止麦裕杰一个人在听，为了姐姐，为了自己，她很大方地说："祝福。"

麦裕杰说："你也是。"

他放下听筒，邱晴仍然怔怔发呆，足足过了十来秒钟，邱晴又听到"嗒"一声，这便是那另一个人了，她有权窃听对白，到底她在他身边。

邱晴觉得无比寂寞，不由得低下头来。

到这个时候，她才有工夫看到早报扉页角落的一则小小启事：我俩情投意合，谨定于八月六日注册结婚，特此通知亲友，斐敏新郝美贞启。

所有人都似轻舟般在她身边悄悄溜走，她不是没有看见他们，有一度贴得那么近，差些没一伸脚踏上甲板登舟而去，但是没有，水急风紧，一犹疑间，它们都已远去，渐渐剩下芝麻般黑点。

邱晴把报纸向前一推，若无其事般站起来。

她照见镜子里的自己，正微笑呢，一点都不动容，既然已经走了那么远，就得继续走下去。

到那一天她才自老家搬出来，便到山上去，房子是现成的，麦裕杰替她置下已有多年，到该日她才把家私上的白布掀开。

睡在向海的大床上，邱晴一夜无梦，她再也没有听见姐姐的呼吸声。

一切已成过去，姐姐大概不会费劲寻到这里来。

再说，灵魂也许像肥皂泡，开头的时候有影有形，在空气中飘浮转动，渐渐变薄转弱，终于消失在泡沫中。

六

往事已是我生命的一部分，
不能像录音录影带般洗脱，
不用等到懒慵春日，或是午夜梦回，
它已悄悄出现。

邱晴没有回公司去，她埋头睡了一天。

然后，她得到兄弟的婚讯。

贡心伟的婚礼十分朴素，但他们手头上有很长的假，打算在海外居留整个暑假。

邱晴送出一双金手表，前去观礼，她迟到，坐后座，贡太太转过头来看见她，招手邀她到前座，邱晴摇头摆手，但温和的贡太太忽然坚持得不得了，一定要她上去，邱晴迫不得已，只得挤到她身旁，那时，新娘子已经在说："我愿意。"

贡太太紧紧握着邱晴的手。"你看你兄弟多高兴。"她的眼眶红红。

贡健康就坐在另一边，邱晴向他点点头。

忽然之间，贡太太提出要求："小晴，从今天起，你也叫我妈妈好了。"语气是命令式的，很不像她，可见这件事她早已决定，不容邱晴推辞。

邱晴微笑，理所当然地说："是，母亲。"

礼成了，贡心伟与程慕灏不约而同朝着邱晴指指腕上戴的金表。

邱晴朝他们笑，女方的亲友一下子拥上去遮挡住两人，邱晴同贡太太说："母亲，我先走一步。"

"下星期天来吃饭。"

"请给我预备茄子放在饭上烘热。"

没有人再记得曹灵秀，邱晴四处留意一下，都不见那条白裙子，邱晴当日穿一套玫瑰紫的缎礼服，同色鞋子，十分得体。

过时人物，终于一个个淡出。

那天晚上，邱晴接通了电话，那人没有报上姓名，只是问："你那边是否还有最醇的酒，最曼妙的音乐，与最好的耳朵？"

邱晴也没有问他的姓名。"有，"她答，"只不过要预约。"

"今夜有没有机会？"

"今夜不，让我查查看，后天，后天下午五时之后没有问题，留座至七时不见人则约会取消。"

那边答："好，五时见。"

邱晴放下电话，朱家外婆的预言实现了，她怎么说？她说邱晴会长久长久同他维持这样的关系，直到老死，同时，他会与另外一个女子谈经济实惠学业事业。

邱晴轻轻闭上双目。

新的酒廊与夜总会开幕，邱晴几乎把行内所有精英都设法拉过来，被老行尊指着鼻子骂"你根本不按牌理出牌"，自然得罪很多人，门外时常有形迹奇怪的人巡来巡去。

但邱晴不是良家妇女，她一儿也不介意，这是她选择的生活的一部分，同家庭主妇煮饭洗衣一样，一定有其厌恶的成分。

她的生意十分成功，全球股市"轰"的一声摔跤，也只不过影响三两个月，又稳步上扬。

夜总会里数百个女子，只有她没有嗜好。

朱家外婆耄耋了，精神非常好，头脑也是异常清醒，她就笑着与邱晴说过："人没有嗜好是很无聊的。"

真的，邱晴不赌、不吃药、不酗酒，连进贡时装店都不感兴趣，亦不乱搞男女关系。

她记得她这样回答朱家外婆："一切嗜好，都会上瘾。"

"是有这个可能。"

"戒的时候多么痛苦，非常伤身，十分不智。"

"不过你也可能错过某些乐趣。"

"那是必定的，姐姐的生命短暂精彩，我的生命比她长，却平平无奇。"

"也已经很富传奇性了。"朱家外婆公道地说。

邱晴每次做完探访，都觉得十分安慰，朱家外婆像是可以永远活下去的样子，也许她已经活过百岁，老到一个程度，外形就不再起变化，静静地做一个旁观者，看着小女孩刹那间苍老死亡，看尽天下悲欢离合。

邱晴肯定朱家外婆比她长寿，生活中多多少少还有点安慰。

一个星期天，邱晴起得很晚，那已经是人家的下午，白天所有的节目都几乎开到荼蘼，她才睁开眼睛，看当日的早报。

她先查阅公司的广告，满意了，才翻过内页，落进眼帘的，是黑马两个字。

黑马行动成功，纽约迈阿密三藩市分头行动，破获国际性转移黑钱网。

邱晴的心一动。

门铃在这个时候响起来。

女仆去开门，邱晴抬起头，看到一角红衣，她来不及梳妆，便放下报纸走出去迎宾。

女郎仍然穿着红衣服，明艳照人，外国的生活像非常适合她，她的姿态更加舒泰了。

看到邱晴，她连忙站起来。

邱晴忍不住说："请坐下，我不是你的太婆。"

女郎笑笑，不以为忤，静静坐下。

邱晴看着她，做人涵养功夫这样好得过了头，日久会长瘤的。

麦裕杰挑选了一个同邱晴性格全然不一样的女子。

邱晴看着她："我如何称呼你？"

女郎笑一笑，不卑不亢地答："我现在是麦裕杰的太太，我们上个月在三藩市注册。"

邱晴一怔，缓缓别过头去，过很久她才说："我很替你们高兴。"声音小小的，一点欢意都没有。

她双眼落在橱面的相架上，邱雨穿着过时新娘礼服，照片拍好有十年了。

"麦裕杰叫我来跟你说，案子已经结束。"

"这次他做得很文明。"

"是的，我以他为荣。"他的新婚妻子微笑。

"他的事业想必发展蓬勃。"

"我们什么都没有干，我们退休了。"

邱晴不置信。"他愿意？"

"这是他的主意，他在进行戒酒治疗，心境很平和。"

他都不再跟邱晴说话，只派伴侣来转达消息。

"他还说，宇宙的业务，他不想再操心，你不必再向他汇报。"

邱晴抬起头。"你们打算隐居？"

她点点头："我们要去的湖畔木屋，不设任何通信设备，那是一个世外桃源，后园一整个山坡都是黄水仙。"

邱晴说："你们大概也不打算接受探访。"

她只是笑笑。

半晌她打开手袋，把一段剪报放在茶几上。"我要告辞了，明天就回去。"

"多谢你走这一趟。"

"对。"她转过头来，"他要我跟你说，他得到消息，城寨将要拆卸。"

邱晴一怔，他从哪里得到这样的信息！

"他说你们在那个地方长大，日子充满辛酸，本来他打算回来一次，行李都收拾好了，又觉得过去的事最好不再触动。"

邱晴看着她，恐怕是她说服麦裕杰放弃此行的吧，邱晴问："你在何处长大？"

"我，新加坡华侨。"

邱晴送她到门口。"替我问候麦老板。"

"一定。"

邱晴却不那么肯定，她亲手关上大门，落实地坐下。

茶几上的剪报新闻与她适才所读到的无异，麦裕杰没有放过那个人，他终于使他落网，了却他最大的心事。

邱晴拨电话找马世雄，他已经下班。

她此刻有的是记者朋友，找到其中一名，她说："我想找政务署的马世雄。"

朋友笑道："这么急，不是欠酒钱吧？"

一言提醒邱晴，立刻说："你若找不到他，我星期一再与他联络好了，对，我们那个试酒会，你非来不可。"

她的社交网，同一般小生意人毫无不同之处。

记者逞强，一下子把马世雄的住宅电话说出来。

邱晴没有考虑，便拨过去找他。

第一次没有人听，第二次人来了。

邱晴开口便说："你不是一直怀疑，自己在这故事内扮演什么样的角色？"

马世雄在那边一怔，蓦然想起这是邱晴，便说："你今天应当非常高兴。"

"你说得对。"

"美国联邦法庭痛恨这般罪行，一般估计会判入狱超过三十年，与之相比，误杀不过是数载而已。"

"或许我应当庆祝，你可愿意出来。"

马世雄不假思索："一小时后我来接你。"

邱晴自觉心机渐深。

装扮的时候斐敏新上门来。

他看着在扑粉的邱晴，开头还以为悦她者是他，后来见她绾上头发，分明是做晚妆打扮，才醒觉她要出去。

"喂。"他跳起来，"我们一早约好，今晚有节目。"

"我有急事，我要出去一趟。"邱晴赔笑请假。

"不行，此约不能取消。"斐敏新大力抗议。

"真的吗？"邱晴转过头来笑，"我没有悔约权利？"

"你应当尊重我。"

邱晴静下来。"你的妻子尊重你，你的子女尊重你，还不足够？"

斐敏新语塞。

"别在我家讲道理，这里没有道理。"邱晴用手按他肩膀，"要是你愿意的话，下星期补回时间给你。"

斐敏新赌气，不顾后果，讽刺邱晴："你的语气，多么似一个做生意的女人。"

邱晴沉默一会儿。"你说得一点都不错。"

他后悔了，立刻拾起外套。"我这就走，我们改天再见。"

在门外，他碰见刚刚上来的马世雄，两人交投一眼，没有招呼，一个出门，另一个进门，像煞客似云来。

邱晴若无其事地描口红。

马世雄问："可需要解释？我们只是老朋友。"

"不要去理他。"停一停，"以前他是个顶大方的人。"

马世雄笑："也许他现在对你有真感情。"

邱晴不语，她把他带到一个遥远幽静的地方喝酒谈天，话题扯到极远。

邱晴当然明白醇酒的作用，她的客人在酒过三巡之前绝口不谈生意。

然后她淡淡地说:"听说城寨要清拆。"

马世雄那一丝酒意顿时消失,他不露半丝风声,诚恳地回答:"你这桌酒白请了,我不属于那一科,这样大机密的文件,内部不过几个人知道。"

邱晴低下头。"真没想到会这样彻底解决那一块地方。"

马世雄说:"我知道你的意思,我自幼住继园台,闲时与祖父到赛西湖散步,前两年上去探访故居,迷了路,茫茫然似做梦一样,感觉十分凄惶。"

"为什么要这样对我们?"邱晴不甘心。

"这是一个没有回忆的城市。"

"这样无情,为什么?"

马世雄沉默一会儿。"也许是为着我们好,逼着我们往前走,不思回头。"

"但往事已是我生命的一部分,不能像录音录影带般洗脱,不用等到懒慵春日,或是午夜梦回,它已悄悄出现。"

马世雄说:"我看得出,你一直不像是快乐的样子,你有太多的回忆。"

"我的故居将会改建成什么样子?商业大厦,中级住宅,抑或是第二个飞机场？"

马世雄不能回答，只替她添了一点酒。

"你看，这便是你扮演的角色，以后一想到故居我便想起你。"

马世雄说："这是一个新纪元，在未来数年内发生的大事，可能会比过去二十年都要多。"

"我们能够保留多少自我？"

"你可以做得到，我一直佩服你在任何变化底下仍然毫不矫情地做回你自己。"

"你呢？"

"我？"马世雄笑了，"你看我，颈已缩腰已折背已拱，当年的理想志向荡然无存。"

邱晴忽然帮他说话："不，你要求过高，凡事耿耿于怀，太执着而已。"

马世雄很高兴。"没想到你对我的印象这样好。"

酒瓶空了又空，终于邱晴说："我们该走了。"

她有车子送马世雄回去，在门口，她忽而同他说："我出生那日，是一个晴天。"

马世雄听了十分意外，车子已经开走。

邱晴一个人缓缓地走了一段路，司机驾着车子，慢慢跟在她身后，她叹息又叹息。

这几天，斐敏新若无其事再与她约日子见面，邱晴暗暗放下心事，亦装作什么都没有发生过，定了星期三一起吃饭。

贡心伟选在星期二来找她。

邱晴称赞他："多么英俊，多么漂亮。"

心伟笑："姐妹看兄弟，永远戴着眼镜，我有事找你。"

"请说，为你，一切都不妨。"

"程慕灏说，我天生幸运，永远是人家心目中的瑰宝，以你来说，已经对我这样好。"

邱晴笑着推他一下。"有话说吧。"

心伟沉默一会儿，站起来踱步，然后说："我想拜祭母亲及姐姐。"

邱晴听见十分宽慰，以前的承认只属口头，今天才算心甘情愿。

心伟又问："你可愿意带我去献上一束鲜花。"

"她们两个人都没有墓，麦裕杰已经带着骨灰到三藩市。"邱晴据实告知。

心伟张大嘴，事实太出乎他的意料。

"一切不过是仪式罢了，我带你到海边，你虔诚地鞠个躬就可以。"

"真的？"贡心伟皱起眉头，"就凭你说？"

邱晴沉着脸看着他："你有怀疑吗？"

贡心伟一怔，这个时候看邱晴，只觉她又是另一副面孔，她认真起来有种慑人的样子，心伟低下头说："那我们现在就去。"

那并不是晴天，也不是雨天，阴霾密布，乌云盖地，邱晴开车到一个偏僻的海滩，与心伟一起下车，朝着灰色的海浪凝视片刻，心中默祷：姐姐，我与心伟来了。忽然哽咽，眼泪直涌出来，她的孪生兄弟拥抱着她，两人痛痛快快哭了一场。

潮涨，海水直涌上足边，浸湿鞋袜，他们坐在岩石上等情绪稍微平复，然后才回家。

等到第二天双目仍有余肿，斐敏新当然不会天真到以为这是他的缘故。

他们在一起从来不谈现实问题，讨论最多的恐怕是全球哪个珊瑚岛的风景最好，一般民生与他们没有关系，他们相处目的绝非共患难，斐敏新终于完全明白了。

新年刚刚开始，邱晴等待的消息变成头条新闻，政府在

1月14日上午九时宣布清拆九龙城寨，同日下午举行新闻简报会，向记者提供清拆计划的背景资料。

马世雄百忙中亲自通知邱晴，邀请她出席听取一手资料。

"对不起，邱晴，我不能事先告诉你。"

"没关系，各人有各人的难处，我完全明白。"

记者招待会上邱晴坐在最末一排。

她听到发言人宣布，城寨清拆后将会在原址兴建公园。邱晴嘘出一口气，相信受影响的五万居民都会认为这是绝好的主意。

有人轻轻过来坐在她身边。

她一抬头，看见马世雄。

他微微笑："你有什么问题，可以即席提出。"

邱晴听到发言人答："……九龙城寨与香港其他地区一样是历史遗留下来的问题，有其特别的历史背景，中英两国政府已签署关于香港问题的联合声明，圆满解决对香港恢复行使主权的问题，从而为尽早从根本上改善九龙属城寨民的生活环境创造了条件……"

邱晴并没有完全听明白，这样艰深的讲词内容，是要录下来反复研究才能完全消化的。

她之所以感慨万千，与大前提通通没有关系。

她只是在想，故居之地终于在未来三年期间要完全拆卸了，1846年到今天，一度是那么神秘莫测的地方，明日将改建为一座休憩场所，那些弯里弯数十条迷宫似的大小街头会被夷为平地，连带她孩提与少年时代的记忆一起消逝。

马世雄在她身边说："你可以正式要求补偿。"

"它并不欠我什么。"邱晴轻轻回答。

"这完全是你应得的。"

邱晴只希望母亲与姐姐可以获得补偿。

"谢谢你通知我来。"她没等到完场。

马世雄说："我认识你，恐怕就是为着这一刻。"

他送她到电梯口，邱晴与他握手，马世雄有种任务完毕的感觉。

他还记得第一次看见邱晴的情形，一个大眼睛小女孩如何勇敢而得体地应付他这个调查员，她只穿单薄的布衣与塑料凉鞋。

他第一宗重要任务在城寨开始，这一刻又目睹它被拆卸，马世雄感触良多。

今日的邱晴宛如娱乐场所强人，他升了级，她何尝不是，在这个公平竞争的社会里，行行都可以产生状元。

车子在楼下等她。

回到写字楼，秘书急忙迎上来。"弟弟又有麻烦。"

领班趋前向老板诉苦："才替她付清房子余款，公司赔了巨款，半年不到，她又闹跳槽，我对她一点办法也无，俗云盗亦有道，我从来没有见过这等刁泼之徒，索性叫她走也罢，我被她气得寝食难安。"

邱晴坐下来。"她这一次要什么。"

"她还少什么，天上的月亮？弟弟这贱人就是喜欢有风驶尽帆，见我们好声好气伺候，她若不去到最尽，就是对不起祖宗。"

领班气呼呼抱着双臂。

邱晴不出声。

"这次她还要带着十多位姐妹过场，宇宙不能再容她。"

邱晴抬起眼睛，看着天花板半晌，轻轻说："你叫她来，我想见她，我就在这里等。"领班劝道："弟弟这人何等悍强，我怕她对你无礼。"

"没有关系，我应付得了。"

领班开门去了。

邱晴一边做事一边等，过了半日，才见她推门进来。"你找我？"声音懒洋洋，姿势吊儿郎当，一倒倒在邱晴对面的长沙发里，明知故问，"什么事？"

邱晴看着她有一下没一下地嚼口香糖。

过一会儿邱晴平静地问："你要带着十多人走？"

"哎哟，大伙给我面子，我有什么法子？"

"这件事无可挽回？"

"这倒不见得，中英双方政府都可以有商有量。"她嬉皮笑脸走到邱晴身边，坐到写字台上，手指做一个数钞票的样子。

"公司已经很为你设想。"

谁知她冷笑一声："邱小姐，你也是个出来走走的人，怎么比谁都小家子气，给人一点好处，说上十年八载，同你说，"她睁大杏眼，"那是半年前的事，现在我服务期届满，一切另议。"

"那……"邱晴说，"你不是摆明欺侮我吗？"

她得意扬扬地说："我当然有人撑腰。"

邱晴又轻轻问："你不能再考虑考虑？"

弟弟喝道："呸，好狗不挡路。"

她嚣张地把脸直探到邱晴面前去。

邱晴嘘出一口气，电光石火间，她伸出左手，抓住弟弟的头发，用力把她的头按在写字台上，右手拉开底格抽屉，摸出一件东西，握在手中。

弟弟长发被扯，痛得大叫，她刚想挣扎回击，忽然觉得额角有冷冰冰一件硬物直抵过来。

"不要动。"她听得邱晴说，"不然你会后悔。"

一支枪，弟弟尖叫起来，邱晴竟然用枪抵着她。

说时迟，那时快，邱晴扬起手枪朝天花板开了一枪，弟弟只听见爆竹似的一响，那盏华丽的水晶灯轰然炸开，玻璃璎珞溅了一地。

邱晴仍把枪嘴指着弟弟太阳穴，轻轻在她耳畔说："我也有后台。"她命令，"吐出来。"

弟弟吓得眼泪鼻涕直流，邱晴用力挤捏她两腮，逼使弟弟吐出口香糖。"记住，以后你同我说话的时候，不要再嚼口香糖。"

弟弟忙不迭点头。

邱晴把一份文件放在她面前，再把一支笔塞到她手中。"在这里签名。"

弟弟的手不住地颤抖。

"别担心。"邱晴说,"这是一份简单合同,说明你替宇宙服务直至明年年底。"

弟弟终于在合约上画上花押。

她汗出如浆,妆被泪水浸糊,狼狈到极点,邱晴松了手,她仍然不敢动弹。

"你如果不服气,去与你撑腰的人说,叫他来同我算账,现在你可以走了。"

弟弟跌跌撞撞地站起来,扑向门边,与进来时那种趾高气扬的样子,相差有十万八千里,她伏在墙上号啕大哭,身躯渐渐滑落。

经理室的工作人员知道发生了事故,到这个关头忍不住推门进来。

他们见到一室凌乱,一地玻璃,只得先把弟弟抬出去,秘书连忙掩上门,惊惶地问:"发生什么事?"

邱晴已经收起所有重要物件,淡淡地说:"我努力劝服弟弟,她感动到哭,就在这个时候,水晶灯掉了下来,你说糟不糟糕。"

秘书被邱晴的冷静感染,恢复镇静,立刻说:"我马上叫人来换。"

"好极了，对，你同领班说，弟弟答应替我们服务到明年年底。"

秘书连忙答："是。"

"我早点回家休息。"邱晴扬长而去。

过一段日子，她趁假期北上与朱家外婆共聚。

老人竟似比从前轻健，由她提出，与邱晴到江边散步，一老一小坐在柳树底下谈天，邱晴把城寨的消息告诉她。

朱家外婆长久没有出声。

邱晴走到江边，拾起一颗石子，向江心掷去，用力用得巧，那颗小小石卵在水面上溜溜滑出一段颇长的距离，造成丝丝涟漪，才沉入江中。

她转过头来，听见朱家外婆说："连我同你都离开了城寨。"

"是的。"邱晴答，"洪流把我们冲走，我们只得到别处积聚。"

朱家外婆见她这样文绉绉，不禁笑起来，邱晴扶着她，一步步走回青砖古屋。

图书在版编目（CIP）数据

我们不是天使 / （加）亦舒著 . -- 长沙：湖南文艺出版社，2022.3
ISBN 978-7-5404-9840-5

Ⅰ.①我… Ⅱ.①亦… Ⅲ.①长篇小说—加拿大—现代 Ⅳ.① I711.45

中国版本图书馆 CIP 数据核字（2022）第 025296 号

上架建议：畅销·小说

WOMEN BUSHI TIANSHI
我们不是天使

作　　者：[加]亦舒
出 版 人：曾赛丰
责任编辑：匡杨乐
监　　制：毛闽峰
策划编辑：李　颖　陈　鹏　肖雅馨
特约编辑：孙　鹤
营销编辑：刘　珣　焦亚楠
版权支持：王媛媛　姚珊珊
封面设计：尚燕平
版式设计：李　洁
出　　版：湖南文艺出版社
　　　　　（长沙市雨花区东二环一段 508 号　邮编：410014）
网　　址：www.hnwy.net
印　　刷：三河市兴博印务有限公司
经　　销：新华书店
开　　本：875mm×1230mm　1/32
字　　数：133 千字
印　　张：8
版　　次：2022 年 3 月第 1 版
印　　次：2022 年 3 月第 1 次印刷
书　　号：ISBN 978-7-5404-9840-5
定　　价：49.80 元

若有质量问题，请致电质量监督电话：010-59096394
团购电话：010-59320018